KB212596

Ripples of Life

David Herbert Richards Lawrence

지은이

D. H. 로렌스 David Herbert Richards Lawrence, 1885.9.11~1930.3.2
데이비드 허버트 로렌스는 영국 중북부 노팅엄셔의 탄광촌에서 태어나 노팅엄 유니
버시티칼리지를 졸업하였다. 로렌스는 오랫동안 정신을 강조해온 서구사회에서 억
압되고 금기시된 몸, 성애, 동성애까지 솔직하고 깊이 있게 탐구한 작가로서, 고리타
분한 서구 문명에 신랄한 비판을 가하고, 몸과 생명력에 바탕을 둔 새로운 인간관계
의 가능성을 모색하였다. 로렌스는 현대 영미 시의 발전에 이바지한 이미지즘운동에
적극적으로 동참한 시인으로서 10여 권의 시집을 냈는데, 초기 시집들에서는 주로
연인들의 사랑 이야기가, 후기 시집들에서는 사회비판과 죽음에 대한 명상이 도드라
진다.

엮고 옮긴이

김천봉 金天峯, Kim Chun-bong
1969년에 완도에서 태어나 항일의 섬 소안도에서 초·중·고를 졸업하고, 숭실대 영문
과에서 학사와 석사, 고려대 대학원에서 박사학위를 받았다. 숭실대와 고려대에서 영
시를 가르쳤으며, 19~20세기의 주요 영미 시인들의 시를 우리말로 번역하여 소개하
고 있다. 『윌리엄 블레이크, 마음을 말하면 세상이 나에게 온다』, 『에밀리 디킨슨-나
는 무명인! 당신은 누구세요?』, 『사라 티즈데일-사랑 노래, 불꽃과 그림자』, 『에이미
로웰-이 터질듯한 아름다움』, 『W. B. 예이츠-술은 입으로 들어오고 사랑은 눈으로
들어온다』와 『월트 휘트먼의 노래』를 냈다.

소명출판영미시인선 07
D. H. 로렌스 시선집
생기의 잔물결

초판발행	2025년 3월 15일
지은이	D. H. 로렌스
엮고 옮긴이	김천봉
펴낸이	박성모
펴낸곳	소명출판
출판등록	제1998-000017호
주소	서울시 서초구 사임당로14길 15 서광빌딩 2층
전화	02-585-7840
팩스	02-585-7848
이메일	somyungbooks@daum.net
홈페이지	www.somyong.co.kr
ISBN	979-11-5905-743-4 03840
정가	16,000원

소명출판영미시인선 07

D. H. 로렌스 시선집

생기의 잔물결

Ripples of Life

D. H. 로렌스 지음
김천봉 엮고 옮김

차례

사랑과 결혼 007

사랑에 관한 거짓말 009
녹색 010
기차에서 나눈 키스 011
신비 014
번개 017
밀밭의 개똥벌레들 019
사랑받지 못하는 남자의 노래 021
프리아포스에게 바치는 찬가 023
그녀가 왜 울까? 028
침묵 031
배신 033
괴로워서 창피해서 035
자각 036
월출 037
하얀 꽃송이 038
어느 겨울 이야기 039
집시 040
선언 041
결혼일 아침 054
일곱 봉인 057
새 하늘 새 땅 060
신부 072
첫날 아침 074
붓꽃 향기 076
디종의 영광 079
아침 식탁 위의 장미 081

082   나는 한 송이 장미 같다

083   풀 베는 청년

085   기진맥진

087   결혼생활

094   메달의 양면

097   착한 남편들이 불행한 아내들을 만든다

098   맨발로 뛰는 아기

099   앓다가 잠든 아기

100   그녀가 돌아본다

106   봄날 아침

109   역사

111   십이월 밤

112   새해전야

115   식물과 동물의 사생활

117   불붙은 봄

118   버찌 도둑들

119   석류

122   무화과

129   포도

134   잘 익은 과일이 떨어지면

135   사이프러스

141   열대

143   평화

145   바바리아 용담꽃

147   아몬드꽃

154   모기

160   모기는 알고 있다

161   남쪽의 밤

163   박쥐

167   벌새

백조　169

불사조　171

사랑 폭풍　172

물고기　174

뱀　185

아기 거북　191

거북 등딱지　196

거북의 가족관계　200

수컷과 암컷　205

거북의 정사　213

거북의 환성　216

백마　223

고래는 울지 않는다!　224

저녁에 암사슴 한 마리가　228

코끼리는 서서히 짝짓기한다　230

캥거루　232

퓨마　237

자기연민　241

성 누가　242

무지개　247

사람과 기계　249

선생님　251

한 대학 창가에서　260

가을의 비애　261

교회에서　263

창가에서　264

음울한 슬픔　265

피아노　266

작은 읍내의 저녁 풍경　268

셰익스피어를 읽을 때면　269

271 오페라가 끝나고

272 사람들

273 가로등들이

276 폭격

277 공격

279 파멸

280 가을비

282 우리의 낮은 끝나고

283 운명

285 신은 없다

287 정말 짐승 같은 부르주아다

290 그 죽은 이들이 자기 시체를 묻게 둬라

294 우리는 전달자다

296 사람과 기계

297 로봇 감정

298 사람이 되자

299 사람은 무엇을 해야 할까?

301 당신이 사람이라면

302 돈을 죽여라

303 용기

304 욕망이 죽더라도

305 꿈

306 낙천주의자

307 오전 작업

308 가엾은 젊은이들

309 급료

311 천치가 들려주는 이야기

312 상대성

313 온전한 혁명

315 아름다운 노년

317 죽음의 배

325   D. H. 로렌스의 삶과 문학

사랑과 결혼

나는 흩어진 어린 장미들을 바라보다가 문득 깨닫는다.
그 꽃 안에도 내 안에도
오늘이 밝히는 정말 사랑스러운 현재가 배어 있다고.

사랑에 관한 거짓말

Lies about Love

우리는 거짓말쟁이들이다. 왜냐하면

어제의 진실은 내일이면 거짓이 되기 때문이다.

반면에 글자들은 고정되기에,

우리는 진실의 자구에 따라 산다.

올해, 내가 나의 친구에게 느끼는 사랑은

작년에 내가 느꼈던 사랑과는 다르다.

그렇지 않다면, 그것은 거짓말일 것이다.

그러나 우리는 사랑! 사랑! 사랑을 되풀이한다

마치 그것이 어떤 고정된 가치를 지닌 동전인 양

죽었다가, 다른 봉오리를 피우는 꽃을 대신하는 양.

녹색

Green

하늘은 사과-녹색,

하늘은 햇살에 쳐든 녹색 포도주 빛깔,

달은 그사이에 끼어있는 금빛 꽃잎이었다.

그녀가 눈을 뜨자, 녹색으로

두 눈이 반짝였다, 마치 처음으로 꺾이어

이제 막 처음으로 선보인 꽃들처럼 맑게.

기차에서 나눈 키스

Kisses in the Train

중부지방이 그녀의
  머리칼 사이로 맴돌고
가을 들녘이
  휑하게 펼쳐져 있고
목초지의 양들이
  놀라서 고개를 쳐들었다.

그렇게 변함없이
  세상은 돌아갔다.
내 입은 그녀의 맥동치는
  목덜미에 있었고
내 가슴은 그녀의 고동치는
  가슴에 묶여있었다.

그러나 그 와중에
  내 심장은 졸도하여
선회 축처럼 고요했다
  마치 온 대지가

그 배회하는 궤도에서
　빙빙 돌아가듯이.

그런데 나의 콧구멍에
　그녀의 살내가 배어 있어서
여전히 나의 젖은 입은
　다시금 그녀의 몸을 탐했고
여전히 한 충동이
　그 세상을 두루 도리깨질했다.

이윽고 그 세상이 온통
　환희로 소용돌이치며
탁발수도승의 춤처럼
　나의 오감 ― 나의 이성을
다 파괴해버린 듯이
　장난감처럼 뱅뱅 돌았다.

그러나 그 와중에도
　확고한 나의 심장이
그녀의 심박을 나의 완전한
　심장박동에 묶었다
마치 자석 제동장치가

선회를 막듯이.

신비

Mystery

이제 나는 오롯한
키스 한 사발,
이집트의 커다랗고
호리호리한
광신도들이 운집하여
어떤 신의 폭식을 기다리듯

나는 당신에게
나의 키스 사발을 쳐들고
그 신전의 푸릇한
벽감들 사이로
격렬히 애무하며
당신에게 울부짖는다.

내 입술의 밝은
심홍색 테두리로
정열이 스미어
나의 호리호리 하얀

몸을 타고 반짝이는
찬미가 흘러내린다.

언제나 그 제단
앞에서 나는
사발이 넘치도록
기뻐하며 당신에게
몸을 굽혀 마셔 달라
울부짖나니, 나의 신이여.

아 나를 다 마셔 주오
내가 당신의
컵 안에 담기어
어떤 신비처럼
거품 없는 술처럼
황홀경에 빠져들도록.

한없이 가물거리는
황홀경에 빠져서
당신과 내가
하나로 뒤섞인
술처럼 완전한

신비에 이르도록.

번개
Lightning

그녀의 심장이 나의 고동치는 심장,

나의 가슴을 만나서 갑자기 뚝 멎었다가

두근두근 다시 뛰는 듯해서 웃음이 나왔다.

내가 두 팔로 바짝 죄고 되풀이한, 계속 되풀이한

말들의 소리도, 뜨거운 피의 저돌적인

기교도 피-쏠린 나의 두 귓속에서 야릇하게 맴돌았다.

그녀의 숨결이 나의 목에 뜨겁게,

텁텁한 밤공기에 불길처럼 뜨겁게 흘렀고,

두 팔의 살결이 내 목의 혈파에 부딪혀

착 들러붙는 감촉이 달짝지근했다.

그렇게 그녀를 품었는데, 검은 밤이

그녀를 숨긴들, 흔적도 없이 가려버린들 상관했으랴?

내가 앞으로 수그려 그녀의 입술을 찾고

키스로 그녀를 독차지하려는 순간에

번개가 번쩍 그녀의 얼굴을 가로질렀다.

그렇게 번쩍하는 찰나의 순간에

내 두 팔의 강렬한 포옹이 두려워,

내 키스가 두려워, 두려워서 맥없이 풀죽은 그녀를
보았다.

한순간이, 마치 너울거리는 불꽃처럼,

내 가슴에 안긴 그녀의 얼굴에 배어들었다

두려움의 눈밭에서 길을 잃고

반짝이는 눈물 한 방울을 길잡이 삼아

입술을 떼고 소리 없이 울부짖는 가냘픈 사랑.

순식간에, 그녀는 다시 자비로운 어둠의 품에 안기고
말았다.

천둥소리가 들리고, 빗방울이 느껴지자

나는 팔을 느슨히 풀고, 말을 잃었다.

거의 미울 만큼, 그녀는 너무 아름다웠다.

나 자신과 그 장소와 격렬히 불타오른

내 피가 싫어서, 그녀에게 집에 가자고

다시 번개가 치기 전에, 어서 집에 가자고 말했다.

밀밭의 개똥벌레들

Fireflies in the Corn

한 여자가 그녀의 연인을 힐난한다.

밀밭의 저 귀여운 녀석들 좀 봐요!

저 호밀이 당신보다 크네요, 당신도 아주 크고

힘세다고 생각하겠지만요. 녀석들이 음험하게 자랑스럽게

허공에 이삭을 세우는 모습 좀 봐요, 마치 창과 삼각기를 들고

담대한 경멸을 흘리며 지나가는 무수한 기사들 같네요.

그렇고말고요! ― 아, 내가 머리를 높이

쳐들어 하늘을 이고 유유히 말달릴 수 있다면

당신 같은 사람이 그리 침울하고 의심스러운 표정으로

나를 사랑하도록 곁에 둘 것 같아요? 아 귀여운 호밀,

너희의 수수한 긍지가 참 마음에 드는구나!

그리고 저 빛나는 개똥벌레들이 흔들리는 밀대

사이나 위에서, 또 하나같이 검은 깃털을 꽂은

투구들 위에서 감돌고 있는 모습이 꼭 작은 녹색

별들이 여기로 내려와서 이 거뭇한 대지의
사랑을 찾아 배회하는, 아주 고요히 배회하는 것 같
네요!

아 행복한 생물들, 허공에 떠올라
언제나 꽁무니에 작은 등불을 켜고 가는
귀염둥이들, 너희도 참 마음에 드는구나. 너희가
밀대들에 앉아 밀 침 끝에 불을 붙이고
기어오르는 모습을 보면 내 가슴도 어찌나 즐거운지.

희미하게 들썩이는 밀밭 위로, 검푸른 밤하늘을
등지고서, 아련히 배회하는 불빛, 무리 지어
모험을 떠나는 찬란한 생물들 ― 너희는 기쁨, 너희는
꾸밈없는 기쁨의 참된 영혼. 아, 너희의 기쁨을
보면 나의 가련하고 지친 영혼이 참 따듯해지나니!

남자가 대꾸하자 여자가 조롱한다.
바보 같은 여자야. 난 당신을 사랑해 당신도 알잖아!
― 주여, 그의 사랑을 없애주소서, 낑낑대며 울 테니.
당신이 원한다면 내가 뭐든지 다 해줄게.
― 주여, 사랑하는 주여, 혹시라도 그가 빛날까요?

사랑받지 못하는 남자의 노래
Song of a Man Who is not Loved

세상의 공간이 너무 광대하다, 나의 앞도 내 주위도.

잽싸게 돌아서도, 공간이 나를 에워싸는 느낌에, 덜컥 겁이 난다.

작은 배를 타고 아주 투명하고 깊은 바다에 떠 있는 사람처럼, 공간이 나를 겁주어 어리둥절하게 한다.

나는 우주에서 소외된 나 자신을 본다. 그런 내가

어떤 영향을 미칠 수 있을까? 산산이 흩어져 떠가는

먼지 입자들 같은 하늘 밑에서 두 손을 흔들어본다.

나는 나 자신을 받치고 버티지만, 큰바람에 쇠파리처럼,

어디로 가는지 왜 가는지 어떻게 가고 있는지도 모른 채,

속절없이 어둠 속으로 빨려들고 말 것만 같다.

나의 바깥은 너무 광대하고, 나는 한없이

작은데, 내가 잠시 난관을 헤쳐 간들

무엇하랴, 금시에 길을 잃고 말 텐데!

그런 무한공간에서 나도 뭔가 할 수 있다고
우쭐거린들 무슨 소용이랴? 나는 너무
작아서 나를 싣고 부유하는 바람에도 못 끼는데.

프리아포스에게 바치는 찬가

Hymn to Priapus★

내 사랑이 땅속에 누워있다

얼굴을 위로 젖혀 나를 향한 채,

마지막 긴 키스에 입술도 못 다문 채

임의 삶도 나의 삶도 끝나버렸다.

나는 성탄절 파티에서 춤을 춘다.

겨우살이 밑에서

원숙미 넘치는 한 시골 소녀와

밀치락달치락한다.★★

그 풍만하고 폭신한 시골 소녀가

마치 풀린 밀 단처럼

슬그머니 내 팔을 빠져나가 타작마당에서

★   프리아포스는 그리스신화와 로마신화에 등장하는 번식과 다산의 신이
    자, 들판, 정원과 과수원을 지키는 신으로, 유난히 큰 성기를 지닌 기형
    적인 모습으로 묘사된다. 흔히 아프로디테(비너스)와 디오니소스(바
    쿠스)의 아들로 간주 되며, 이 두 신을 모두 미워한 헤라가 산모의 배를
    쓰다듬어서 기형의 프리아포스가 태어났다고 전해진다.

★★   크리스마스 장식의 겨우살이 밑에 있는 소녀에게는 누구든 키스해도
    좋다는 풍습이 있다고 한다.

나의 발치에 쓰러졌다.

그 포근하고 폭신한 시골 소녀,
타작 철에 벗겨진 한 아름의
밀처럼 달콤했다, 나를 위해 벗은
몸이 참 달짝지근했다!

이제 나는 만족스럽게
홀로 집에 가는 길,
멈추어 내려다보는 거인 오리온이
눈에 들어온다.

그는 바로 나의 첫사랑
첫 성교의 별.
저 쓰리고도 달콤한 온갖
가슴앓이의 목격자.

이제 그는 이 사랑도, 최근의
이 정사도 목격한 존재.
하지만 나는 어떤 훈계의
눈길도 감지하지 못하겠다.

그는 아마 지금과 그때를 두고

결산하고 있으리라,

본인도 똑같이 인간의 험난한

가시밭길을 걸었으니.*

그도 필시 나와 똑같이

기억하고 잊기를

번갈아 반복하며

그리 살았을 테니.

내 사랑이 땅속에 누워있다

얼굴을 위로 젖혀 나를 향한 채,

마지막 긴 키스에 입술도 못 다문 채

임의 삶도 나의 삶도 끝나버렸다.

임은 죽음의 삭막한

---

*　　그리스신화에서 오리온은 해신 포세이돈의 아들로, 흔히 미남 거인 사
　　냥꾼으로 통한다. 여러 가지 설이 있지만, 플레이아데스와 얽힌 이야기
　　로 유명하다. 플레이아데스는 티탄족 아틀라스와 플레이오네의 일곱
　　딸로, 마이아, 엘렉트라, 타이게테, 켈라이노, 알키오네, 스테로페, 메로
　　페를 통틀어 일컫는다. 인간인 시시포스를 사랑한 메로페를 제외하고
　　모두 신들과 사랑에 빠져서 자식들을 낳았는데, 이들을 짝사랑한 미남
　　거인 사냥꾼 오리온에게 7년 동안 쫓겨 다니다가 제우스의 도움으로
　　별이 되어 무리를 지어 살게 되었으나, 오리온도 별자리가 되어 밤하늘
　　에서 플레이아데스를 계속 쫓게 되었다고 전해진다.

영원 벌판에서 살고,
나는 이리도 멋지게, 얼어붙은
아래 벌판에 살아있다.

내 안에 무언가는 기억하고
절대 잊지 않으리라.
내 삶의 강물도 어둠 속에서
죽음을 향해 나아가나니!

또 내 안의 무언가는 다 잊고,
이미 걱정을 접었으리라.
욕망이 움트나면, 멋지게
충족하면 그만이다.

지쳐서 마음 졸이는 내가,
얼마나 더 마음 졸이랴?
절망하느니 싱글벙글, 낄낄대는 게
더 낫지 않겠는가?

슬픔에 슬픔, 충분한 슬픔이
우리를 해방해서
우리네 운명대로 불충하면서 동시에

충실하면 그만이지.

그녀가 왜 울까?

Why Does She Weep?

제발 그치시오
왜 우시오?
당신과 나 사이
전과 똑같으니.

와삭대는 저 소리는
그저 웬 토끼가
부산떨며
자기 굴로 돌아간 것일 뿐.

머리 위의 나뭇가지에서 꿈틀대는
소리는 아마 우리 사랑의
분투에 동요해서, 불안스레 들까부는
다람쥐 소리일 거요.

그런데 왜 운단 말이오?
어둠 속의 신이
두렵소?

나는 신이 안 두렵소.
어디 나와 보시라지.
덮개 속에 숨어있으면
어디 나와 보시라지.

이렇게 시원한 낮에
나무숲을 거닐며 "어디 있소?"
신에게 외치는 건 우리지.
숨는 이는 바로 그요.

왜 우시오?
내 가슴이 다 쓰라리오.
신더러 당장 나타나 자신을
정당화해보라 하시오.

왜 우시오?
슬퍼서, 아파서?
그럼 우시오, 옳지
가증스러운 우리의 옛 정의를 위해.

우리는 그동안 수차례나

잘못을 저질렀소,

하지만 이번엔 바른 일을 하기 시작했소.

그러니 우시오, 울어

가증스러운 우리의 과거 정의를 위해.

신은 계속

숨어있을 테니, 절대 안 나올 테니.

침묵
Silence

당신을 잃은 후로 침묵이 나를 따라다녀서,
 소리들이 작은 날개를 잠시
흐느적거리다가 금세 지쳐, 소리 없이
 흐르는 그 강물에 내려앉고 만다.

사람들이 거리에서 또닥또닥
 잔물결처럼 지나가는 소리도,
극장이 크고 거친 한숨을
 토해내고 또 토해내는 소리도.

바람이 착잡한 빛 자락을 떨어내고
 죽음처럼 거뭇한 강을 지나가는 소리도,
밤의 마지막 메아리가
 새벽을 와들와들 떨게 하는 소리도.

마치 침묵이 기다리고 있다가
 그 소리들을 다시 모조리 삼켜버리는 듯이
그 방대하고 완전한 품에

사람들의 소리를 감싸버리는 듯이.

배신
Perfidy

내가 문을 두드리자 집이 허허롭게 울렸다.
그래서 문간에서 망설이다가 손을 들어
다시 한번 똑똑 두드렸다.
마루를 가로지르는 그녀의 발소리를 들으려고 귀를
기울이는
내 가슴이 허허롭게 계속 메아리쳤다.

나직이 걸린 등불들이 그 밑에서 표류하는
그림자들과 함께 길 따라 뻗쳐 있었고,
은은한 가락의 발-음악 소리에
희망이 되살아난 나는 나직이 걸린
그녀의 눈빛을 서둘러 맞았다.

거리 따라 늘어선 금빛 등불들이 꺼졌다.
막차가 밤을 질질 끌며 떠났고
나는 어둠 속에서 돌아다녔다,
내 사랑의 등불이 꺼져가는데도
검게 닫힌 의심, 깜박이는 희망을 품고서.

천천히 총총걸음 치던 갈색 조랑말 두 마리가
흐릿하게 불 켜진 물통에 멈추어 물을 마셨다.
멀리서 거뭇한 수하물차가 쿵쾅대며 느릿느릿 지나
가고,
드높이 거룩하게 떠 있는 도시 별들이
한층 가까이 다가와서 거리들을 들여다보았다.

급한 차 한 대가 쾌씸하게 휙 지나갔다.
나는 어둠 속에 숨어있는 그녀를 보았다.
그녀가 발걸음을 멈추고, 고요한 문으로
좀 전에 내가 손을 든 채 서 있었던 데로
잽싸게 달려오는 것을 알았다.
그녀가 문에 매달렸다가 다급히 들어갔다.
들어가고, 금시에 내팽개쳐진
문이 닫히며 그녀는 사라졌고, 겁먹은 거리만 남았다.

괴로워서 창피해서

In Trouble and Shame

　　　　　　　　움푹 꺼진 황혼을 바라다보면
　　　　　　나도 그 붉은 문들을 지나서
거뭇한 자줏빛 띠를 넘어가고 싶다.

　　　　　　나도 그 붉은 문들로
들어가고 싶다, 그 입구에
　　　　신발 같은 나의 수치심과
　　　　　　　　　옷 같은 나의 고통을 벗어놓고,
나의 육신도 벗어서 어디로 갔는지
모르게 떠나가 버린 어느 여행자의
　　　　가방처럼 놓아두고서.

　　　　　홋날 돌아와서
내가 벗어놓은 몸이 통나무처럼 누워있는 모습을 보고,
　　　　　　기쁨에 겨워 웃고 싶다.

자각

Aware

시나브로 달이 불그레한 연무에서 솟아올라

금빛 시프트를 벗어던지고, 새하얗게

절미한 자태를 드러낸다. 나는 망연자실

눈앞 하늘에 떠 있는 한 여인을 본다. 나도 모르게

사랑했던 여인인데, 아름답게 떠가는 모습에 가슴이

아파,

밤새도록 뒤따르며, 제발 떠나지 말라고 애걸한다.

월출
Moonrise

마치 신랑 방에서 일을 치르고 나온 듯이
볼그족족하니 당당한 알몸으로, 심연의 방에서
나와서 떠오르는 달을 누가 보았거나,
누가 못 보았거나, 달이 떠올라서 파도 위에
환희의 고백을 쏟아내 저만의 행복한 글자로
파도들을 들뜨게 하고 은은히 빛나는 미모를
흔들며 다가오는 모습을 누군가가 보았기에,
마침내 널리 퍼지고 알려져서, 우리 인간이
아름다움이란 무덤을 초월하는 무엇이고,
완전하고 찬란한 경험은 절대 무無가 되지
않기에, 시간이 달빛을 흐리는 날이 바로
우리네 이승의 기이한 삶이 완전한 절정에 달해서
흐릿하게 사라질 순간이라고 확신하는 것이다.

하얀 꽃송이

A White Blossom

재스민 꽃송이처럼 하얗고 자그마한 꼬마 달이

내 창문 바로 위, 밤의 겨울 정자에 홀로 기대어,

참피나무꽃처럼 투명하게, 빛나는 물방울처럼 혹은

빗방울처럼 은은하게,

온갖 죄로도 더럽힐 수 없는 내 청춘의 새하얀 사랑

을 비춘다.

어느 겨울 이야기

A Winter's Tale

어제는 들판이 흩뿌려진 눈으로 온통 잿빛이더니,
오늘은 기다란 풀잎 하나 보이지 않는다.
그녀의 깊은 발자국만이 눈에 찍혀서, 새하얀
언덕기슭 소나무 숲으로 한없이 나아갈 뿐이다.

하얀 안개 스카프가 거뭇한 숲과 흐릿한
황색 하늘을 가리고 있어서, 그녀는 보이지 않는다.
그러나 그녀는 기다리리라, 애타고 춥지만,
거의 흐느끼며 애써 서리 같은 한숨을 토해내리라.

왜 그리 지체 없이 찾아오나, 피치 못할 이별이
목전에 닥쳤다는 것을 그녀도 필시 알 텐데.
언덕은 가파르고, 눈을 밟는 나의 발걸음도 더딘데

내가 할 말을 그녀도 다 알 텐데, 왜 찾아오나?

집시
Gypsy

나는 붉은 스카프를 두른 사내,
당신에게 내가 가진 모든 것, 지난주의 주급을 다 주
겠소.
이것을 받아서, 은반지 하나 사고
나랑 결혼해주오, 나의 갈망을 풀어주오.

당신이 결혼해주면, 남은 인생은
당신을 위해 땀으로 나의 이마를
적시겠소, 당신을 위해 집에 들어가겠소,
당신이 나를 들이고 문을 다 닫아주오.

선언
Manifesto

1

한 여자가 나에게 힘과 풍요를 주었다.
인정한다!

지금 익어가는 캐나다의 흔들흔들 춤추는 밀을 다
먹어도,
귓속을 달콤하게 파고드는 한 여자의 몸만큼
큰 힘을 주지는 못한다. 그 밀이 여러 나라를
먹여 살린다고 해도, 그리 큰 힘을 주지는 못한다.

굶주림이 바로 사탄이다.
굶주림의 공포가 바로 몰록, 벨리알, 끔찍한 신이다.*
굶주림의 공포에 짓눌려 살면 참으로 두렵다.

---

* 몰록은 셈족의 신으로, 신자들이 아이를 제물로 바치고 섬겼으며, 벨리
   알은 밀턴(John Milton, 1608-74)의 『실락원』에 등장하는 타락 천사
   중 한 명으로, 흔히 사탄과 동일시된다.

빵뿐 아니라, 허기진 배도 목마른 목도 마찬가지다.

나는 아직 배가 뻥 뚫린 것처럼 시달려보지는 않았
다, 빵이 부족해서,

또, 우유나 꿀이 없어서.

이런 것들의 결핍으로 인한 공포는 이제 내 몸에서
완전히 빠져나간 듯하다.

그런 만큼, 나는 풍족한 세대의 인류에게 감사한다.

2

게다가 유순하고 민감한 몸의 달콤하고

한결같은, 균형 잡힌 열기, 이 몸에 대한 굶주림이

내 몸을 엄습해서 나를 위협한 적도 없다.

그러니 다시, 이 두 가지 원초적인 선례로, 인류가 우
리에게 풍족한 유산을 물려준 셈이다.

3

그다음으로 말할 수 없이 아리고 쓰라리고 무력한

결핍,

배우고 싶은 갈망,

위대한 선인들이 후대를 위해 활짝 열어놓은 지식에

접근해서, 정신을 극도로 지배하는 저 굶주림을

알고 싶고, 충족하고 싶은 갈구,

수 세기에 걸쳐 이룩한 인류의 가장 달콤한 결실, 곱

게 인쇄된 책들,

뒤집힌 어둠 속의 숱한 밭에서 완강하게 솟구쳐

밝게 반짝거리는 절미한 옥수수.

내가 사람의 아들이기 때문에

이것들에 대한 굶주림에서 이제 벗어난 것을,

그것들이 필요하면 받을 수 있게 된 것을,

정열적인 가슴으로 인류에게 감사를 표한다.

나는 먹고, 마시고, 따듯한 옷을 내 몸에 걸칠 수 있

었다

나는 이해의 언어를 배울 수 있었다

나는 근사하고 신기한 책들을 고를 수 있었다

여느 군주와 마찬가지로, 세상의 놀라운 물품 창고들이

인류의 지혜와 미덕으로 인하여, 나에게도 열려 있었

기에.

지금까지는, 아주 좋았다.

사랑으로 가슴을 부풀게 하는 슬기롭고 너그러운
양식!

4

그런데 또 다른 굶주림이 찾아왔다
아주 깊고 탐욕스러운,
바로 몸의 몸을 소리쳐 구하는
굶주림, 배보다도 목보다도 심지어 정신보다도
더 무섭고 훨씬 심원한,
죽음보다도 잔학하고 훨씬 강력한 굶주림.

여자에 대한 갈구. 아아,
그것은 아주 속 검은 몰록처럼, 무자비하고 강력해서,
마치 입에 담지 못할 두려운 지배자의 이름처럼,
차마 소리쳐 말할 수 없는 무엇이다.
그럼에도 그런 갈구가 일어서, 그것이 우리를 엄습
하면,
우리는 순수하게, 정말로 충족시키는 법을 배워야 한다.
그러지 않으면 대안이 없기에, 몹시 괴로울 수밖에
없다.

나도 예전에는 여자, 무분별한 여자, 과거 내 몸의
부속물, 단순한 여성으로만 생각했다.
아아, 그것만으로도 충분히 힘든 고통
두려워할 만한 무엇,
위협하고 고문하는 남근 몰록이었다.

한 여자가 내 안의 그 갈구를 마침내 해소해주었다.
숱한 여자들이 줄 수 없는 무언가를 한 여자가 줄 수
있다.
그렇다는 것을 나는 알게 되었다.

그녀가 마치 내 소유의 재물처럼 내 앞에 서 있었다.
당시, 어둠 속에서, 나는 고통에 시달리며, 탐욕에 얽
매어,
부끄럽고 추잡하고 사악했다.
남자는 그렇게 강력한 굶주림의 공포에 사로잡힌다.
바로 이 공포가 모든 잔학행위의 뿌리다.
그녀는 나를 사랑했고, 내 앞에 서서 나를 쳐다보고
있었다.
내가 미쳤는데, 어찌 쳐다볼 수 있었으랴? 나는 탐욕
스러운 욕망에

미친 몸으로 몰래 곁눈질했다.

5

이런 상황은 금세 호전된다.

부자가 되면, 남자는 그 굶주림의 공포를 마침내 잊어버린다.

나도 계속 굶을까 봐서 두려운 그 맹렬한 공포를 드디어 잊었다.

나는 그녀의 가슴골에 마침내 나의 얼굴을 파묻고

그 가슴들을 영원히 선물 받아서 다시는

내가 굶거나 몹시 괴로워하지 않아도 된다는 것을

알았다.

나는 욕구를 채워주는 빵을 먹었고

내 몸의 몸으로 채워졌다.

거기에 평온과 풍요와

충족이 있었다.

아무리 욕망을 찬미한들 무엇 하랴,

오로지 충족만이, 다름 아닌

진짜 충족만이 찬미대상이다.

사실상, 그것만이 모두가

비준하는 우리의 천국이다.

불멸, 천국은 그저 이처럼 낯설지만 실질적인 충족의

사출일 뿐이다

바로 그 몸속으로.

그렇게, 또 다른 굶주림이 해소되었으니,

이에 대해 나는 한 여자에게 감사를 표할 수밖에 없다.

인류는 나를 방해했을 테니, 인류가 아니라,

한 여자에게 바치는

이 시에 기쁘고 고마운 내 마음을 담았다.

6

사느냐, 죽느냐는 여전히 문제다.

이 존재를 향한 아린 아픔이 궁극적인 굶주림이다.

나에게도 "거의, 거의, 오, 거의 반"이라고 말할 수 있다

그러나 무언가가 남아 있다.

그 무언가도 계속 남아 있지는 않을 것이다.

주요 부분은 이미 충족되었기에.

아직 내 안에 남아 있는 것은, 내가 아는 순간에 알려질 것이다.

나는 이제 그녀를 안다. 아니 어쩌면, 그녀에 대한 나 자신의 한계를 아는 것이리라.

나는 거듭해서, 거듭해서 그 가파른 물가로 뛰어들다가

마침내 공<ruby>空</ruby>으로 곤두박질쳐 들어갔다. 한없이 험준하고 험악한 절멸로 빠져들어서,

나는, 말하자면, 알 수 없게 되었다.

달리 말하자면, 죽어서, 앎을 멈추고, 나 자신을 초월하였다.

나 자신을 초월하는 경험을 알면 되었지,

더 이상 무슨 말이 필요하겠는가?

그것은 일종의 죽음이 아닌 죽음이다.

그것은 그 경계를 살짝 넘어가는 것이다.

입이 할 말을 잃어버리는 상황인데, 어떻게 말할 수 있겠는가?

아마, 근본적으로, 그녀는 나를 초월하는 만상,

근본적으로, 그녀는 내가 아닌 만상이리라.

우리는 바로 그런 지경에 이른다.

기묘한 고뇌에 이어, 찾아드는 안도감, 내가 어떻게든 내가 아닌 그것에 다다를 때면,

그것이 나를 죽도록 상처 내어 비존재로 만들어버리기에, 명확한 불가침의 한계,

초월하는, 완전히 초월하는 무엇일 수밖에 없다. 이 말의 의미를 이해할지 모르겠지만.

그것이 바로 존재의 주요소다. 이렇게 자신을 초월하여,

이렇게 그 초월의 경계에 도달해서 사멸하되, 사멸하지 않는 무엇.

7

그러나 그녀도 내 몸에서 같은 경험에 이르기를 바란다.

그녀는 마치 내 몸이 그녀 자신, 그녀의 몸인 듯이 나를 어루만진다.

그녀는 아직 내가 다른 몸이라는 저 두려운 공포를 자각하지 못한 채,

우리가 서로 한 몸이라고 생각한다.

그것은 고통스럽게도 거짓이다.

나는 그녀도 마침내 내 몸, 아아, 내 어둠의 뿌리, 핵심에 닿아서,

내가 그녀의 몸에서 사멸했듯, 나의 몸에서 사멸하기를 바란다.

이내, 우리는 둘로 분명하게 나뉠 것이다. 서로 다른 각각의 존재가 될 것이다.

그런 것이 바로 순수한 존재 양식, 진정한 자유이리라.

그때까지 우리는 혼란스러운 혼합물로, 서로 분해되지 않고, 구별되지 않은 존재다.

자유로운 존재란 순수하고 순전한 결연, 존재의 대조에 있는 것이지,

혼합이나 합체, 혹은 유사성에 있는 것이 아니다.

그녀가 손으로 나의 은밀한 가장 어두운 원천, 가장 어두운 돌출부를 감쌌을 때,

그것이 마치 죽음처럼 그녀의 몸에 깊이 박혔을 때, "이게 그 사람이로구나!"

그녀의 몸에는 없는, 아무래도 전혀 없는

무시무시한 타인이구나

그렇게 그녀가 그 두려운 — 다른 몸 — 아아, 불가해하고 두려운, 단단하게 접촉해오는 어둠을 깨달을 때,

그녀가 나의 몸에 맞서다가 죽어서, 집 밖의 쓰레기

더미처럼 한 무더기로 널브러지면,

내가 소멸했듯 그녀도 다른 몸에 맞서

위로 밀어붙이다가 소멸하면,

나도 기쁘리라. 나는 마침내 그녀의 몸에서 떨어지리라.

나는 정화되어, 은빛 찬란한, 별개의, 홋홋한 몸,

그 어디에도 고착되거나 접착되지 않은

단일체, 홀로 투명하게 빛나는 독특한 존재가 되고,

그녀 역시 순수하고 완전한 단일체가 되어,

우리 둘은, 철저하게 구분된 존재로서, 완전한 합을
이루리라.

이내 우리는 자유로우리라. 천사들보다 자유롭고, 아
아, 완전하리라.

8

그 후에 남은 일은 오로지 온 인류가 자신을 분리해
서 독특한 존재로 변신하여,

우리가 완전히 초연한 몸으로, 천사들보다 자유롭게
살아가는 것이다

오로지 우리 자신, 순수하고 홋홋한 존재의 조건에

맞게,

우리 존재의 법칙 외에는 어떤 법칙도 용납하지 않
은 채.

그러면 모든 인간이 저마다 자유로운 꽃송이 같으리라.

모든 순간순간이 직접적이리라.

정말이지 존재하는 것 자체가 큰 기쁨이라서, 그런
생각이 들 때면 얼굴을 가리고 말리라

혹시라도 불시에 닥친 악마에게 무심코 우리의 기쁜
얼굴을 들킬까 봐.

모든 인간이 저마다 독특한 존재로, 빼어나게 독야청
청한 사람.

맹렬한 호랑이는 훤히 몸을 드러낸 사슴에게 달려들고,

암탉은 병아리들을 따듯이 품고,

우리는 사랑하고, 우리는 증오하리라.

그러나 음악 같은 삶이리라, 미지 세계에서

곧장 터져 나와서 속이 빤히 내비치는 말처럼,

마치 특사처럼, 뜻밖에, 막무가내로 우리에게 나타나는

번개처럼 무지개처럼.

우리는 앞도 뒤도 보지 않으리라.

우리는 바로 지금을 살리라.

우리는 완전히 알게 되리라.

우리는, 신비로운 바로 지금 존재.

결혼일 아침
Wedding Morn

아침햇살이 석류처럼 쪼개져서
　붉은 빛살을 펼치는구나.
아, 내일 여명이 더디게 밝아
　침대를 하얗게 물들일 때면,
나는 결혼의 대문을 바라다보며
　그이를 기다리고, 햇살이 쏟아져도
그이는 머리를 푹 파묻고
　물리도록 잠을 자고 있으리라.

날이 구물구물 서서히 밝아오면,
　조심스럽게 나는 몸을 일으켜
아침이 나의 결혼 첫날을
　차지하는 모습을 지켜보리라.
벌써 나를 갖고 잠들어 있는 그이에게
　햇살이 비추어, 내려다보는 내 눈길에
그의 모습이 또렷해지고, 너울대는 불길에서
　풀려난 그이의 상기된 얼굴이 보이리라.

그러면 나는 신의 어떤 모습으로
  내 남자가 장차 빚어질지 알아보리라.
나의 괴로운 회초리일지 아니면
  나의 귀한 보상일지 알아보리라.
또 내가 나의 것으로 받아들인 이 동전의
  인각과 가치를 알아보리라.
그이로 주조된 금속에 하늘 상이 비치는지
  대지 상이 비치는지 보리라.

그뿐 아니라 온전히 나의 소유인
  그이의 자는 모습을 애타게 바라다보며
내가 지켜야 할 것들도 애타게 알고 싶으리라.
  또 나의 사랑, 저 뱅뱅 도는 동전이
조용히 꾸밈없이 내 곁에 누워있는 모습을
  애타게 바라다보며
헤아려보고 싶으리라 ― 그이가 나를
  매우 부유하게 해주리라는 것을 알기에.

그 후에도 그이는 내 것이 되리라, 완전한
  나의 소유가 되어 누우리라.
내 눈앞에 자신의 가치를 꾸밈없이 드러낸 채
  나의 그이는 잠을 자리라.

느긋하게 누워서, 그이의 전부를
  나에게 맡기고, 나는
나를 위해 밝아오는 여명, 내 소유의
  이 잠든 부귀를 지켜보리라.

그리고 그 희미한 햇살이
  나로 충만해 있는 그이의 잠을 비추고,
곱슬곱슬한 머리카락 몇 다발이 아주 믿음직스럽게
  얽혀 있는 그이의 이마를 비추고,
가벼운 숨결이 천진하게 귀엽게 들락날락하는
  그이의 입술, 그이의 팔다리를
비추는 모습을 지켜보며, 모두가 나의 지배 아래
  있음을 새삼 깨닫고 눈물을 흘리리라.

일곱 봉인

Seven Seals

오늘이 당신을 집에 붙들어 둘 마지막 밤이니
들어와요, 여행 떠나는 당신을 귀하게 모시겠소.

나야 당신을 보내고 싶지 않지만. 아무튼 들어와요,
다시는 당신을 책망하지 않으리다. 편히 누워요
당신이 떠나기 전에 오랫동안 사랑할 수 있게.
당신은 여전히 부루퉁한 가슴에,
나를 사랑하는 열의마저 없지만. 그렇다고 해도
나는 내 입술로 당신의 몸에 봉인을 찍겠소
모든 문마다 믿을만한 문지기를 세워서,
나에 대한 당신의 사랑이 빠져나갈 통로를
모조리 봉해버릴 테요.

　　　　당신의 입에 키스하오. 아, 임이여,
내가 그 볼그족족하게 빛나는 열정의 샘을
봉하여 바싹 말려버릴 수만 있다면, 키스할 때마다
부드럽게 꿈틀꿈틀 솟구치는 그 심홍색의 샘물을 소
멸시켜,

없애버릴 수만 있다면! 오, 신이시여, 도와주소서!
이 원천에
　　누워 영원토록 당신의 샘물을 들이마시도록
　　빨아들이도록, 하늘도 여정을 마친 큰물을
　　들이마시듯이.

　　　　　내가 키스로 당신의 귀를 막고
　　당신의 콧구멍을 봉하오, 당신의 목 여기저기도 찍겠
소 ―
　　아니, 곱다란 키스 사슬을 만들어드리리다.
　　목걸이처럼 키스 알알이 목을 휘돌아, 한 알도 빠짐
없이
　　맞붙여서 이어드리리다.

　　　　　　또 저기
　　당신의 드넓은 젖가슴 골짝 한가운데에
　　격렬하게 불타는 사랑의 봉인을 찍겠소,
　　거뭇한 장미 같은, 신비로운 휴식의 징표
　　서서히 들끓는 당신의 리드미컬한 심장에.

　　아니, 단연코, 참된 믿음이 당신을 온전한
　　내 여인으로 지켜주리니. 당신이 탈출할 만한 모든 문,

모든 비밀 항구를 내가 완전한 성유로 흠뻑 적시어
봉쇄해버릴 테요.
　　　　　　이제 다 끝났소. 뿔피리 소리가
하늘에 울려 퍼지고 나면 다시는 풀려나지 못할 것
이오.

이제 내가 시작한 일의 갈무리만 남았소.
강철 같은 키스로 엮은 무쇠 키스 갑옷을
당신의 몸에 입혀서 난공불락으로 만들면 끝나오.
당신의 양 허벅지와 무릎에 보호대를 대고, 연한
강철 물갈퀴를 당신의 두 발에 씌우오. 이제 당신도
난공불락의 내 몸에 꽂힌 느낌일 것이오. 떠나려는
당신의 몸에 일곱 개의 거대한 봉인이 찍혀있고,
나의 신비로운 의지를 엮어서 짠 사슬에 당신의 몸이
완전히 감겼나니, 불요불굴의 내 몸에 칭칭 감겨있나니.

새 하늘 새 땅

New Heaven and Earth

1

그렇게 나는 다른 세상으로 건너가서
수줍게 겸손하게 서성이며
무단으로라도 가고 싶은 이 미지 세계의 초대를 기
다린다.

나는 아주 기쁘다. 그 세상에 혼자뿐이지만,
정말 혼자뿐이지만, 아주 기쁘다. 신세계
그곳에 내가 마침내 발을 내디뎠기에.

기쁨에 겨워 소리치고 싶다. 내가 신세계에 있기에,
이제 막 모험을 시작했기에.
기쁨에 겨워 소리치고 싶다, 아주 자유롭게. 아는 이
가 아무도 없을 테니.

이 미지 세계의 미지 사람들 그 누구도,
그들과 함께 모험을 떠나는 기쁨에 흘릴 내 눈물을

이해하지 못하리라.

눈물은 여전히 내 몸의 일부인 구세계의 한 몸짓일
것이기에,

그것을 그들은 이해하지 못하리라, 그들에게는 그 눈
물이 아주, 아주 낯설 것이기에.

2

나는 세상이 정말 싫어졌다.

나는 세상이 정말 역겨웠다.

모든 것이 나 자신으로 물들어있었다.

하늘, 나무들, 꽃들, 새들, 물,

사람들, 집들, 거리들, 탈것들, 기계들,

나라들, 군대들, 전쟁, 평화협약,

일, 기분전환, 정부, 무정부,

그 모두가 나 자신으로 물들어있었다. 나는 처음부터
다 알았다

그것이 다 나 자신이었기 때문에.

꽃을 땄을 때도, 바로 나의 꽃을 따고 있는 게 나 자
신임을 알았다.

기차를 탔을 때도, 나의 발명품으로 여행하는 게 나 자신임을 알았다.

전쟁의 대포 소리를 들었을 때도, 나의 귀로 나 자신이 파괴되는 소리를 들었다.

찢긴 주검을 보았을 때도, 그게 나 자신의 찢긴 시체임을 알았다.

그게 모두 나였다. 내가 나의 몸으로 그런 짓을 모두 저질렀다.

3

나는 결국 그 모든 것의 미친 공포를 결코 잊지 못할 것이다.

모든 것이 나였을 때, 나는 이미 그것을 다 알고 있었고, 또 나의 영혼으로 그 모두를 예상하였다,

내가 창시자였고 결과물이었기 때문에

내가 신이자 동시에 피조물이었기 때문에.

창조자, 나는 나의 피조물을 바라보았다.

창조된, 나는 나 자신, 창조자를 바라보았다.

결국 그것은 미친 공포였다.

나는 연인으로서, 내가 사랑한 여인에게 키스했고,

공포의 신, 나는 나 자신에게도 키스하고 있었다.

나는 자식들의 아버지요 아비였다.

그리고 오, 오, 공포를 나 자신의 몸속에 배고 있었다, 잉태하고 있었다.

4

드디어 죽음, 능력자 죽음이 도래하였다.

죽음이 드디어 나를 해방해 줘서, 나는 죽었다.

나는 나의 연인을 묻었다 — 괜찮았다. 나는 나 자신도 묻고 떠났다.

전쟁이 터져, 모든 손이 분기해서 살인을 일삼았다.

아주 좋아, 아주 좋아, 모든 손이 분기해서 살인을 일삼았다!

아주 좋아, 아주 좋아, 나는 살인자다!

그래 좋다. 나도 살인에 살인을 일삼고 모두의 추락을 지켜보리라.

팔다리가 잘리고 공포에 질린 청년들이 무수히

한 명 또 한 명, 그러다가 한꺼번에 떼로

뭉개져서, 피가 줄줄 새는 가운데, 무더기로 불태워

져서

악취 나는 연기로 피어올라 처리되는 장면을 지켜보
리라.

살해된 청년들과 어른들의 시체들이 쌓이고

쌓이고 쌓여, 끔찍한 악취를 풍기는 더미로 쌓여서

그만하면 됐다 싶을 때까지, 아니면 내가 소멸할 때
까지.

수천수만의 헤벌쭉 하품하는, 소름 끼치게 더러운 시
체들,

청년들과 어른들과 나의 시체들이

기름에 태워지고 산화되어 부패한 자욱한 연기를 피
우며, 굽이쳐 올라

하늘을 더럽히고 검게 물들이니, 마침내 하늘이 까맣
게, 밤처럼, 죽음처럼, 지옥처럼 새까맣게 변하고,

나도 죽어, 짓밟혀서 연기-젖은 무덤 속에서 무無로
변한다.

죽어 짓밟혀서 무덤의 시큼한 검은 땅속에서

무로 변한다. 죽어 짓밟혀서 무로, 짓밟혀서 무로 변
한다.

5

안타깝지만, 차라리 죽어 짓밟혀서 사라진 게 다행이다
짓밟혀서 시큼한, 죽은 흙 속에서 무로,
완전한 무로
절대적인 공으로
공으로
공으로
공으로.

완전한, 완전한 공일 때, 비로소 가득 차는 것이기에.
내가 짓밟혀 완전히 사라지면, 완전히, 완전히 사라
져서
모든 흔적이 가시면, 비로소 내가 여기서
일어나, 또 다른 세계에 발을 내디디고
일어나, 또 다른 부활을 성취하고
일어나, 다시 태어나는 게 아니라, 예전과 같은 몸으
로 일어나서,
새로운 지식을 초월할 만큼 새롭게, 생명을 초월할
만큼 생생하게
긍지에 대한 암시나 궁극개념을 초월할 만큼 자랑스
럽게

사는 것이다. 아직껏 꿈꿔보지 못했고, 짐작조차 하
지 못한

바로 여기, 색다른 세상에서, 여전히 지상의

내 몸으로, 전과 똑같지만, 설명할 수 없이 새로운 나
로 사는 것이다.

6

시큼한 검은 무덤 속에서, 짓밟혀 절대 죽음에 이른 나,

나는 밤으로, 어느 밤으로 나의 손을 집어넣고, 나의
손이

정녕 내가 아니었던 무언가를 만졌다

정녕 그것은 내가 아니었다.

내가 있었던 곳에 난데없는 불길이 일었다,

갑자기 활활 타오르는 불길이!

그래서 나의 손을 더 깊이, 좀 더 깊이 집어넣어 보니

내가 아니었던 그것이 느껴졌다.

그것은 정녕 내가 아니었다

그것은 바로 미지 세계였다.

하하, 바로 내가 활활 타는 불길이었다!

나는 햇살로 폭발하는 호랑이였다

나는 탐욕스러웠다, 나는 그 미지 세계에 미쳐버렸다.

새로 일어나, 부활한 내가, 무덤으로 인해 굶주렸던

늘 나 자신만 탐식하는 삶 때문에 굶주렸던 내가

그제야 여기에 닿아, 새로 깨어난 것이었다. 나의 손
을 뻗쳐

미지 세계, 진짜 미지 세계, 미지의 미지 세계를 어루
만지고서.

아쉽지만, 내가 말해줄 수 있는 것은 오로지

나는 미지 세계를 만지고, 느꼈다는 것이다!

내가 선착자라는 것이다!

코르테스, 피사로, 콜럼버스, 캐벗, 그들은 공空, 공
이다!*

내가 선착자다!

내가 발견자다!

내가 다른 세계를 발견하였다!

---

*   코르테스(1490?-1554)는 현 멕시코의 아즈텍 제국을 멸망시켜서 스
페인 영토로 병합시킨 스페인 출신의 정복자, 피사로(1475-1541)는
페루의 잉카제국을 정복한 스페인 출신의 정복자, 콜럼버스(1451?-
1506)는 서인도제도를 발견한 이탈리아 출신의 탐험가, 캐벗(1450-
98)은 북아메리카대륙을 발견한 이탈리아의 탐험가.

미지 세계, 미지 세계!

나는 그 해변에 몸을 내던진다.

나는 그 모래로 나의 몸을 휘덮고 있다.

나는 그 흙으로 내 입을 가득 채우고 있다.

나는 나의 몸으로 그 땅을 파고 들어가고 있다.

미지 세계, 신세계!

7

내가 무덤에서 새로 깨어 일어나서

내 손으로 만졌고, 내 손으로 움켜쥐었던 것은

바로 내 아내의 옆구리 살이었다!

내가 몇 년 전에 결혼한

내 아내의 옆구리 살이었다.

그녀 곁에서 나는 일천 밤이 넘게 누웠고

그 지난 시간 내내, 그녀는 나였다, 그녀는 나였다.

나는 그녀를 어루만졌다. 만진 이도 나였고 만져진

이도 나였다.

그러나 무덤에서 일어나, 그 검은 망각에서 일어나,

나의 손을 뻗쳐, 내던진 내 손으로 마치 물에 빠진

사람의 손이 해변에 닿듯,

나는 그녀의 옆구리를 만지고서야 알았다, 나 자신이 죽음의 물결에 휩쓸려

새로운 세상으로 밀려온 것을, 그 해변을 붙들고 기어 나와

일어난 것을. 낡은 세상, 낡고 변함없는 나, 닳고 닳은 삶이 아니라,

깨어나서 낡은 지식을 접한 것이 아니라,

새로운 대지, 새로운 나, 새로운 지식, 새로운 시대의 세상을 만났다.

아아, 안타깝게도, 나는 그 새로운 세상이 뭔지 말해줄 수 없다.

그 세상을 발견하고 미친 듯이 경악했던 그 황홀감을 말해줄 수 없다.

말을 마치기도 전에 나 자신이 기쁨에 겨워서 미쳐버릴 테니.

그렇기에 쫓아오는 사람은 누구나 그 신세계에서 환희에 취해

미쳐있는 나를 발견하게 되리라.

8

그 신세계의 가장 깊숙한 대륙에서 흘러나오는 푸른 물결,

대체 그것은 뭘까?

푸르게 반짝이며 하염없이 흘러가다가

지식이나 인내를 초월하는 그 신비 대륙의

가장 깊은 핵심에 담긴 신비의 물결에 녹아내리는,

그 신세계의 원천에서 아주 호화롭게 흘러나오는 물결은 뭘까. ─

다른 한 사람, 그녀도 야릇한 푸른 눈을 지녔다!

하얀 모래와 미지의 과일들과 향기들은 결코

그 검은 바다를 건너서 우리의 일상 세계로 불어오지 않는다!

그리고 맥박으로 고동치는 땅!

그리고 사랑으로 밀착하는 계곡들!

그리고 나를 극한의 망각에 빠져 살게 만드는 별난 방식들! ─

다른 한 사람, 그녀에게는 야릇하게 솟은 두 가슴과 묘하게 깎아지른 비탈과 하얀 평원도 있다.

맹목적이고 강력한 망각이 극단적인 생명력으로 나

를 사로잡는다!

　미지의, 궁극적인 생명의 강력한 물결이

　나를 흠뻑 적시어 휩쓸고 가다가 내리꽂는다

　그 신비의 원천으로, 깊숙이,

　거기에서 일어나 부활한 내 생명의 불을 끄고

　다시 불붙여서 그 완전한 신비의 핵에서 계속 살게
한다.

신부
The Bride

오늘 밤 나의 임은 꼭 소녀 같지만,
사실 그녀는 늙었다.
베개에 늘어진 변발도
금발이 아니라
가느다란 줄 세공처럼 꼬여서
기이하게 시들한 색깔이다.

나의 임이 꼭 어린 소녀 같다, 이마가
매끄럽고 고와서,
두 뺨이 아주 매끄럽고, 두 눈이 감겨있어서,
그녀가 모처럼 고요히
귀엽게, 아주 고요히, 아주 여유롭게 자고 있어서.

그보다는, 마치 신부처럼 잠들어, 완전한 것들을
꿈꾸고 있기에.
내 사랑 그녀가 마침내 꿈에 그리던 모습으로 누워,
잠잠한 입으로
마치 맑은 저녁의 개똥지빠귀 같은 입 모양으로 노

래한다.

첫날 아침

First Morning

그날 밤은 실패였지만 다른 방도가 있었나 — ?

흐릿한 새벽이

       검은 창틀 사이로 새어들어 창가에서

       법석을 떠는 통에 어둠 속에서 나는

       자유롭지 못했다. 나 자신이 과거의,

다른 인연들에서 벗어나지 못했기에 —

가뜩이나 우리의 사랑이 혼돈이었는데,

       거기에 두려움마저 더해져서,

       당신은 나에게서 떨어지고 말았다.

이윽고, 아침이 밝아

우리는 작은 성당 옆 벤치에 앉아 햇살 속에서

담처럼 에워싼 산들, 푸릇하게 그늘진

그 산-담들을 바라보다가,

아주 가까운 우리 발치의 풀밭에

무수한 민들레 갓털,

진녹색 풀잎에 아롱진 거품들이

햇살 아래 가만히 매달려있는 모습을 본다 —

당신이 곁에 있는 것으로, 족하다 —

산들이 차분히 자리를 잡고,

민들레 홀씨들이 풀밭에 반쯤 잠겨있는 지금,

당신과 내가 함께

둘이서 그 모두를 우리의 사랑 밭에

자랑스럽게 즐겁게 품고 있으니.

모두가 우리의 사랑 밭에 곧추서있고,

만상이 우리로부터 유래하니,

우리가 바로 원천이니.

붓꽃 향기

Scent of Irises

붓꽃의 어찔하고, 느글거리는 향기가
아침 내내 계속이다. 이 탁자 위의 꽃병에서
가늘지만 당당한 못 같은 자주색 붓꽃들이
교실의 잡동사니들 위로 솟아나, 학생들의
쳐들거나 숙인 얼굴은 온데간데없이 지워버리고
자주색 금색 흑색이 어우러져서 끊어졌다 이어졌다
하는 줄무늬에만 눈이 간다.

문득, 숨 막히게 눈부신 산사나무 꽃망울들이 맺혀서
화려했던
그 늪-가의 냄새가 난다. 당신이 당신의 금잔화 꽃송
이에
얼굴을 푹 적시자, 그 금잔화의 야한 빛깔이 당신의
이마와 두 뺨과 턱을 불꽃으로 휘덮으며
당신의 거뭇한 입을 어루만졌고, 그 금빛 요술에
신부新婦의 엷은 여자-속옷이 절로 녹아내려서
당신은 그리 오래 견디지 못했지.

그 늪-가의 노란 마술 주문에 에워싸인 당신,

그 위쪽 초원의 앵초밭에 앉아있는 당신,

— 나는 그 늪-불꽃, 화려한 산사나무 꽃망울들에 드리워진 당신의 그림자,

나는 그 앵초밭에 몸을 쭉 뻗고 당신에게 사랑을 속삭이고 —

당신은, 당신의 영혼은 여자-속옷처럼 덧없이 사라져서,

당신은, 온통 화미한 얼굴에, 비둘기의 깃털처럼 반들반들 윤이 났지 — !

당신은 늘 묻곤 하지. 꽃들이 피어나

금빛 코트로 당신을 볼그족족하게 진하게 물들였던

그 미나리아재비 늪-가를 나도 기억하느냐, 기억하느냐고.

당신은 다시 묻지, 그 치유의 나날이

당시 우리를 꾀어 들였던 광활한 암흑을

다 삼켜버리고 아무것도 토해내지 않는 어둠을 꼭 닫아주지 않느냐고.

메말라 시든 너도밤나무-잎들에 누운 당신은

밤의 불길에 휩싸여 제물祭物처럼 불탔지 — 당신은

안 보이고 —

그저 어둠의 불길과 당신의 향기뿐이었지!

— 그래 맞아, 고맙게도, 내가 당신을

연기처럼 이슬처럼 빨아들였던 그 치유의 나날이

여전히 암흑의 문을 닫아주겠지.

마치 수증기, 이슬, 아니면 독처럼. 이제는 고맙게도,

그 금빛 불길이 사라져, 당신의 얼굴이 잿빛이라서

회색빛의 스산한 날에는 분간하기 힘들고,

밤이 당신을 다 태워버려서, 마침내 너그러이

거뭇한 불이 조용히 소리 없이 계속 타면서

죽은 잎들에 누운 당신도 그렇다고 나에게 말하지만.

디종의 영광

Gloire de Dijon★

그녀가 아침에 일어날 때면

나는 서성거리며 그녀를 지켜본다.

그녀가 창문 밑에서 목욕가운을 펼치면

아침 햇살들이 그녀의 몸에 달려들어

양어깨에서 하얗게 반짝거리고,

그새 양 옆구리를 타고 내려가다가 무르익은

금빛 그림자가 화끈 달아오른다,

그녀가 수그려 스펀지를 집으려다가, 출렁거린 젖가
슴이

마치 활짝 핀 노란 장미 두 송이

디종의 영광처럼 흔들리는 순간에.

그녀의 나신이 물살에 방울지고, 양어깨가

은빛으로 반짝거리다가, 마치 흠뻑 젖어 추락하는

장미 꽃송이처럼 뭉그러져서, 빗발에 흐트러진 꽃잎
들이

★　디종은 프랑스의 중부에 있는 도시로, "디종의 영광"(Gloire de Dijon)
은 이 지역에서 생산되는 아주 화미하고 탐스러운 장미다.

씻겨 내리는 소리가 들린다.
햇살 가득한 창에
그녀의 금빛 그림자가 응집하여
겹겹이 싸이다가, 영광의 장미처럼
탐스럽게 달아오른다.

아침 식탁 위의 장미

Roses on the Breakfast Table

우리가 이자르강* 강가에서 따온 장미 몇 송이가
떨어져, 연보랏빛 붉은 꽃잎들이 식탁보 위에서
강 위의 작은 보트들처럼 떠가는데, 다른
장미들은 떨어질락 말락, 머뭇머뭇 싫은 듯하다.

그녀가 식탁 건너편에서 나를 보고 웃으며 말한다
내가 아름답다고. 나는 흩어진 어린 장미들을
바라보다가 문득 깨닫는다, 그 꽃 안에도 내 안에도
오늘이 밝히는 정말 사랑스러운 현재가 배어 있다고.

---

*   이자르강은 독일의 바이에른주를 북쪽에서 북서쪽으로 흐르는 도나우
강의 지류.

나는 한 송이 장미 같다

I an Like a Rose

나는 마침내 나 자신이다. 이제야 내 참 자아를
완성한다. 나는 향긋한 기적奇績에, 고상한
온기를 가득 품고서, 투명하고 한결같은 나,
나의 동료와 별개로 완전한 나를 분출한다.

이 나는 온전히 나 자신이다. 투명한 수액을 부풀려
절정에 달하는 어떤 장미 나무도 녹색에서,
내가 길러낸 나 자신만큼, 순수하고 꾸밈없이
완전하고-투명한 장미를 길러내지는 못했다.

풀 베는 청년

A Youth Mowing

남자 넷이 이자르강 비탈에서 풀을 베고 있다.
낫질하는 소리가 들려온다, 쉭쉭거리는 네 개의
예리한 속삭임. 그래도, 나는
쌓이는 풀들이 가엽다.

풀 베는 넷 중에서 첫 번째 남자가
내 남자, 한 번만 그이의 주의를 끌어야겠다.
그런데 쌩쌩하게 일어서는 그이가 가엾다, 어떤
문젯거리도 일터에 가져오지 않는 그이를 잘 알기에.

그이가 저녁을 가져오는 나를 보고서, 자랑스럽게
머리를 쳐든다, 마치 어깨까지 깊이 잠겨
밀밭 밖을 내다보는 사슴 같다. 이윽고
그이가 낫의 날을 반짝반짝 갈고 나서, 낫 가는

숫돌을 걸쇠에서 벗겨, 풀밭 너머의 나에게 건네준다.
당신은 내 안에 아이를 배게 한 청년,
머잖아 어른이 되어야 할 젊은이,

그래도, 나는 당신이 참 가엾다.

기진맥진

Dog-Tired

그녀가 여기 내게로 와줬으면,
　낫질로 베어낸 보릿단이
　내리깔려서 햇살 반짝이는
길을 내고, 제비들이 나직한 해를 마음껏
베어 먹는 지금 — 그녀가 여기로 와줬으면!

그녀가 지금 내게로 와줬으면,
마지막으로 베어낸 초롱꽃들이 시들기 전에,
저 살갈퀴 덤불이 아직 발갛게 타는 동안에,
박쥐들이 나뭇가지에서 떨어져 서늘한 밤으로
다 추락하기 전에 — 그녀가 지금 내게로 와줬으면!

말들도 마구를 풀고, 달각달각 기계 소리도
마침내 멎은 지금. 그녀가 와준다면,
언덕 등성이에서 따듯한 건초를 모아 와서
그녀의 무릎께에 깔아 주련만, 그러면 푸릇한
하늘도 더는 떨지 않고 지친 기색도 사라지련만.

나도 건초더미에 푹

쓰러져서, 그녀의 무릎에 머리를 베고

돌처럼 가만히 누워, 내려다보는

그녀의 조용한 숨소리 들으며 — 별들이 나와

구경할 때까지 함께 쉬런만.

마치 죽은 듯이 가만히

누워있었으면 — 슬그머니

내 얼굴과 내 머리칼을

어루만지는 그녀의 손길에

이 쑤시는 통증이 싹 가시런만.

결혼생활

Wedlock

1

어서, 나의 귀염둥이, 나에게 바짝 다가와요

둥그스름한 머리를 내 가슴에 파묻고 원 없이 기어
올라요.

아낌없이 당신을 사랑하오! 불꽃이 심지를 휘감듯

내 몸과 내 온기로 당신의 몸을 감싸는 내가 느껴지
시오?

이제 나는 내가 아니오, 당신의 몸에서 타오른 불꽃
일 뿐.

당신을 만지면 불로 변하니 ─ 그게 나겠소, 당신이
겠소?

내 가슴에 파묻힌 요 둥그런 머리, 꼭 밤송이 안의
밤알 같구려,

나는 그것을 감싸는 날랜 포엽 ─ 이 젖가슴, 이 허

벅지와 무릎,

이 두 어깨도 아주 따듯하고 보드라워서, 내가 꼭
햇살처럼 그것들을 비추어 생동하게 하는 것 같구려.

그러나 바짝 기어들어, 내가 아닌 당신이 되는 것도
정말 즐겁소!
당신의 몸에 퍼지면! 정말 사랑스러운 당신의 둥그
런 머리, 두 팔,

당신의 젖가슴, 당신의 무릎과 발! 나는 꼭 우리가
한 몸의 모닥불 같소. 나는 당신을 휘감고 활활 타는
불꽃,
당신은 내 몸에 슬며시 기어든 불길의 핵.

2

그리고 아, 나의 귀염둥이, 내가 껴안는 당신에게
심지의 불꽃 같은 나의 목숨이 계속 살아남으려고
나는 어찌나 바들거리며 당신에게 기대는지!

88

나는 당신을 껴안는, 당신을 꼭 끌어안는 사내,
바로 내 존재의 생살, 당신을 끌어안는 나의 영혼은
또 어찌나 당신의 젖가슴에 점착하는지!

당신이 나를 원치 않는다는 상상만으로! 생명 유지
에 필요한
자양분이 없어서 꺼지고 마는 한줄기 불꽃처럼
나는 지고 말 거요.

나를 품어주오, 나의 귀염둥이, 당신을 껴안는 나를
품어주오.
내게 자양분을 주고 보듬어주오. 나는 오로지 당신의
일부,
나는 당신의 유출물이니.

강렬하고 행복한 불꽃처럼, 한껏 벅차오르는
내가 당신을 껴안고 당신이 내게 기어들 때면,
내 생명이 그 생살에 닿아서 맹렬해지나니
바로 당신의 몸에서 발화하나니!

3

나의 귀염둥이, 나의 큰 아기,
나의 새, 내 가슴에 안긴 갈색 참새.
나를 부여잡고 파고드는 나의 다람쥐,
나의 비둘기, 나의 귀염둥이, 아주 따듯하게
찰싹 붙어, 아주 고요히 숨을 쉬는구려.

나의 귀염둥이, 나의 큰 아기,
당신을 아주 격렬히 강력하게 끌어안고 있는 나는,
혹시 당신이 내 가슴에서 벗어나 나의 몸을 떠나면,
갑자기 꺼져버리는 불꽃처럼
순식간에 져서 사라질 운명이라오.

그래서 당신이 내 앞에 커다란 탑처럼 서 있더라도,
나는 파묻힌 불꽃처럼 불씨를 부여잡고서
불안하게 떨고 있을 숙명이라오.

4

그러나 지금 나는 벅차고 강하고 자신만만하오

내 몸의 핵에 굳건하게 자리를 잡은 당신이
나를 지켜주고 있기에.

어찌나 든든한지, 미래도 정말 따듯하고 강렬하고
행복하리! 확실한 미래가 내 안에 깃들어 있으니,
나는 마치 완전한 꽃을 품고 있는 씨앗이오.

그 씨앗이 어찌 될지 궁금하오
우리에게서 과연 무엇이 생겨 나올지.
내 사랑, 어떤 꽃일까?

상관없소. 나는 아주 행복해서,
단단하고 풍성하고 건강한 뿌리처럼
무엇이 나오든 기뻐할 것 같으니.

나는 당신을 완전하게 믿소,
나의 귀염둥이, 나의 큰 아기!
앞으로 존재할 모든 것은, 나 혼자가 아니라,
우리 중 어느 한쪽이 아니라,
바로 우리 둘의 산물이오.

5

그러니 생각해봐요, 무엇이 우리에게서 생겨날지.
우리 둘이 아주 자그맣게 맞접힌
무언가가 우리에게서 생겨날지를.
아이들, 하는 짓들, 옹알이
그냥 행복뿐이라도.

우리에게서 생겨날 게 그냥 행복뿐이라도.
해묵은 슬픔과 새로운 행복.
새로운 게 그 하나뿐이라도.

하지만 내가 원하는 건 그뿐이오.
그래서 나는 그러리라 확신하오.
우리 둘 다 그러리라 확신하지.

6

그러나 내내 당신이 당신인 한, 당신은 내가 아니오.
나도 나, 나도 절대 당신이 아니오.
어찌나 무섭게 우리가 서로의 존재로부터

별개의 존재로 아득히 떨어져 있는지!

그렇지만 나는 기쁘오.

나의 영역 저편에 항상 당신이 있으니 정말 기쁘오.

곁에서 지켜보는 무엇,

내가 되지 못할 무엇이라서,

내가 언제나 궁금해하며 기다릴 테니,

내가 살아있는 한, 생명의 숨결처럼 갈구할 테니,

아무리 당신이 늙고, 내가 늙어도, 한결같이 당신을
기다리며

나는 언제나 당신을 궁금해하고 당신을 갈구하리니.

그렇게 당신은 언제나 나와 함께하리.

내 곁에 당신이 있으니

나는 끊임없이 새로움으로 가득 채워지리.

메달의 양면
Both Sides of the Medal

그래 당신이 나를 사랑하기 때문에
나를 증오하지 않는다고 생각하시오?
허, 당신이 미치도록
나를 사랑하니까
또 미치도록 나를 증오할 수 있는 것이오.

내가 집 밖의 길을 내려가는 소리가 들리면
당신이 자연스럽게 창가로 다가가서
가는 모습을 지켜보게 된다고,
그것을 순수한 존경이라 생각하시오?

내가 여기, 바로 내 집,
방 안에 앉아있는데도,
당신은 나의 벗을 통해 견식을 넓히고 싶어 하지.
그런데 그놈이 참 좋은 친구라서,
당신이 나에 대해 아는 이상의 정보를 얻진 못하지
만
그래도 내 존재를 당신과 같은 세상에 꼭 붙들어두

고 있다고,

그것만이 행복이라고 생각하시오?

순수한 조화라고?

필시 내가 죽으면, 당신도 달려들어

나를 따라 죽으려 들겠군.

그런데 사랑보다 당신의 증오가 더 미친 듯이 달려

들지 않을까?

당신의 격정에 찬 무한증오가?

내가 당신에게 그렇듯, 당신도

나에 대한 열정을 품고 있기에,

그 열정이 발람의 당나귀*처럼 당신의 길을 막아서

지 않소?

그래서 나도 가끔 구변 좋은

발람의 당나귀가 아니오?

그렇지만 대개, 당신은 나의 우는 소리를 혐오하지

않소?

---

* 『구약성서』「민수기」의 22~24장 참조. 천사를 따르는 당나귀의 인도
로 눈이 열린 발람이 이스라엘인들에게 저주 대신에 축복을 내렸다는
이야기. 무슬림의 전설에서 발람의 당나귀는 천국에 들어간 열 마리의
짐승 중 하나로 통한다.

당신도 나의 궤도 안에 갇혀 있는데
그런 억류가 지겹지 않소?
아름다움과 평화도 한 궤도에 있으면
모두에게 그렇듯, 당신한테도
견딜 수 없는 감옥이 아닐까?

물론 우리는 저마다 균형 잡힌,
영원한 궤도에 순응하는 법을 배워서
그 궤도 안에서 묘한 합을 이루며
서로의 운명대로 돌고 돌겠지만.

여보, 혼돈이 뭐겠소?
그게 자유는 아니라오.
별들이 혼란스럽게 추락해서 다 사라지는 것이지.

착한 남편들이
불행한 아내들을 만든다
Good Husbands Make Unhappy Wives

착한 남편들이 불행한 아내들을 만들고
나쁜 남편들도 똑같이 왕왕 그러하지만,
착한 남편을 둔 아내의 불행이
나쁜 남편을 둔 아내의 불행보다
훨씬 더 파괴적이다.

맨발로 뛰는 아기
A Baby Running Barefoot

아기의 맨발이 풀밭을 가로질러 뛰어가는데
작고 하얀 두 발이 바람 속의 하얀 꽃처럼 너울너울,
호수 질러 밀려가는 잔물결처럼 엉거주춤 달린다.
하얀 두 발이 풀밭에서 뛰어노는 모습이
흡사 작은 울새의 노래처럼, 애교가 철철,
흡사 하얀 나비 두 마리가 한 꽃의 꽃받침에
잠시 앉았다가, 날개를 퍼덕이며 날아가는 듯하다.

아기가 돌아다니다가 여기 내게로 오면 좋으련만
호수 위에서 배회하는 한 자락 바람 그림자처럼,
그래서 아기가 내 무릎 위에 서준다면
그 작은 두 발을 나의 두 손에 쥐어보련만,
라일락 새싹처럼 싱그럽고,
연분홍 어린 모란꽃처럼 실하고 보드라운 두 발을.

앓다가 잠든 아기
A Baby Asleep After Pain

흠뻑 젖어서, 익사한 꿀벌이
고개 숙인 꽃송이에 망연자실 무겁게 매달리듯,
그렇게 나의 몸에 착 들러붙는
내 딸아이, 갈색 머리칼이 젖은 눈물에 빗겨져
뺨에 착 들러붙은 모습으로,
팔에 안긴 보드랍고 하얀 두 다리가 축 늘어져
발걸음을 내디딜 때마다 무겁게 흔들거린다.
나의 잠든 아기가 내 목숨을 꼭 붙들고 있다
무거운 짐처럼 딸이 나를 꼭 붙들고 있다.
내내 아주 가벼운 줄 알았건만,
딸이 지금 눈물에 젖어서 고통에 망연자실
흔들리는 머리카락마저 무겁게 가라앉아,
계속 아래로 처진다,
흠뻑 젖어서, 익사한 꿀벌의 날개들이
무거운 짐, 거추장스러운 짐이듯이.

그녀가 돌아본다
She Looks Back

엷은 거품들
애기꽃물매화의 사랑스레 엷은 금빛 거품들이
점점이 엉겨 붙은 큰 무리로 혹은 낱낱이
어스름에 물든 강을 향해 굴러갔다
황혼이 파리한 금빛 옷을 걸어둔 강을 향해서.
당신은 구르는 그 꽃 거품을 구경하며 홀로 서 있었고,
저 모성애가 악마처럼 나에게서 당신을 떼어내
영국을 바라보게 하였다.

일몰 후에, 그 길을 따라,
매혹적인 자작나무 가로수길을 따라
강가의 평원을 가로질러
우리는 말없이 나아갔고, 당신은 영국 쪽을 응시하고
있었다.

그런데 그때 길쭉길쭉, 푸르게 우거진 강변 풀밭 그
밀림의
어둠 속에서 갑자기 나타난 반딧불이 영롱한 녹색

등불을

　반짝반짝, 하얀 불-안개 후광을 두른 채, 작지만 강렬히 타는

　승리의 빛을 발하다가, 얽히고설킨 어둠 속으로 내려앉았다.

　그때 당신이 다시 내 손을 잡으며 나에게 키스했고, 우리는 함께하려고 버둥거렸다.

　그 작은 전등들도 우리와 함께 갔다. 풀밭의

　작은 등대들, 작은 등불 영혼들, 확 타올라서 녹색 불빛으로 폭발한 담력이

　풀밭 곳곳에 내려앉아, 어둠 속에서 어둠을 밝혀주었다.

　여전히, 키스는 나의 입에 마치 소금처럼

　타들어 가는 씁쓸한 감촉이었다.

　그래서 나의 손도 당신의 손안에서 시들었다.

　당신도 거친 가슴으로 안간힘을 썼지만, 다시, 또다시

　두고 온 자식들에게, 과거의 숱한 사람들에게 향하고 말았기에.

　그래서 나만 이 이자르강 강변의 땅거미에 묻혀 있었다.

집에 돌아와서, 우리는 낡은 바바리아 여관의

침실 창문에 기대어 있었는데,

개구리들이 건너편의 연못에서 우렁차게 울어댔다.

마치 들끓는 냄비처럼 연못이 행복하게 바글거렸다.

아이가 기쁨에 겨워 빙빙 돌리는 딸랑이처럼, 개굴개굴

그날 밤은 개구리들의 잔칫날 같았다.

당신이 당신의 뺨을 내 뺨에 기댔고

나도 감응하고 싶어서, 그대로 있었다.

이윽고, 당신이 일어나서, 하얀 가운을 늘어뜨려 가
슴을 드러내고,

내 눈을 들여다보며 말했다. "그래도 이런 게 기쁨
이죠!"

나는 다시 묵묵히 받아들었다.

그러나 위선의 그림자가 당신의 눈에 깃들어 있었다.

당신 안의 모성이, 마치 여자 살인범처럼 사납게, 영
국 쪽을 노려보고 있었다.

영국으로, 당신의 모성을 강요하며 망연자실하게 만
드는

당신의 어린 자식들에게로, 가고 싶어서 안달하고 있
었다.

물론, 기쁨도 있었다. 당신도 진심으로 말했듯,

그 기쁨은 그리 쉽사리 물리칠 수 없는 것이었다.

공포나 파괴적인 모성애보다 강력한 그 기쁨이 깜박

거리다가 살아나자,

개구리들도 거드는 듯이, 휙 돌아서서 사라져버렸다.

그런데 어떻게 내가 당신의 두 눈에서 저 무서운 슬

픔의

눈길을 알아차렸을까!

어떻게 내가 그 반짝이는 소금, 메마른 불모의 쓰라

린 부식성의 소금을 알까!

눈물이 아니라, 당신의 두 눈을

섬뜩하게 만드는 하얗고 쓰라린 소금물을.

나는 그것을 보았다. 나의 입, 나의 목, 나의 가슴, 나

의 뱃속에서 그것을 느꼈다.

강력한 소금이 불타며, 불타면서, 무방비로 벌거벗은

내 몸을 파고들어 갉아먹는 것을 느꼈다.

나는 하얗고 쓰라린 결정체들에 찔려서,

몸부림치며 배배 꼬다가, 완전히 관통되고 말았다.

아, 롯의 아내, 롯의 아내!*

---

* 　성서에서 롯은 아브라함의 조카로, 소돔의 멸망으로 일족이 피신하는

103

소금기둥, 그 빙빙 도는 끔찍한 소금기둥이, 마치 물기둥처럼

나의 몸을 휘감아버렸다!

눈 같은 소금, 하얗게 불타며, 갉아먹는 소금

그 안에 갇혀서 나는 내내 몸부림쳤다.

롯의 아내! — 아내가 아니라, 어머니.

나는 당신의 모성을 저주하는 법을 배웠다.

당신은 저주받은 소금기둥.

나는 당신 때문에 내내 모성을 저주했다

저주받은, 비열한 모성을!

나는 때가 오기를, 당신을 향한 저주가 내 가슴에서 사라질 날을 갈망한다.

그러나 그날은 아직 오지 않았다.

그래도 일단, 개구리들, 바바리아의 애기꽃물매화, 반딧불이

그 소금-불길에 맞설 달콤한 림프액을 나에게 선물했기에,

바로 그 빗물 속에 아직 애정이 배어 있는 것이다.

과정에서 롯의 아내가 뒤를 돌아보는 바람에 소금기둥으로 변해버렸다(『구약성서』「창세기」13장 1~12절, 19장 1~26절 참고).

그런 까닭에, 극심하고 격렬한 악담을 퍼붓는 순간에도

내가 애써 기억하려는 것이 또한 우리의 원만한 관계다.

당신은 결국 나와 함께 있기에.

당신은 완전히 돌아보는 것이 아니라, 십중팔구, 아, 그 이상으로

당신의 어깨 너머로 뒤돌아보기는 하지만,

결코 완전히 돌아보지는 않기에.

그렇지만 당신을 향한 저주가 여전히 나의 가슴속에

깊고 깊은 화상처럼 박혀 있다.

모든 어머니를 향한 저주.

모성으로 철옹성을 쌓고 시야를 파괴해버리는 모든 어머니.

그들은 저주받았고, 그 저주를 아직 벗지 못했기에

지금 내 안에서 깊고 오래된 화상처럼 타는 것이다.

아, 그 화상이 좀 나아졌으면.

봄날 아침
Spring Morning

아아, 열린 문으로
나타난 아몬드나무에
꽃불이 활활 타고 있소!
　— 더는 싸우지 맙시다.

푸른 하늘과 연분홍
아몬드꽃 사이로
참새 한 마리가 퍼덕퍼덕.
　— 우리는 해냈소.

바야흐로 봄이요! — 보시오,
마치 혼자뿐인 양
저놈이 꽃들을 들볶고 있소.
　— 아아, 당신과 나도

정말 행복할 거요! — 저놈 좀 봐요
참 뻔뻔스럽게도
꽃술을 톡톡 쪼아대는구려.

— 아니, 그렇게 괴로울 줄

상상이나 했겠소? 걱정하지 마시오.
이젠 끝났고, 봄이 왔으니,
금시에 우리도 여름처럼 행복하고
　　여름처럼 다정해지리니.

우리는 죽었소. 서로 살해하고 살해당했으니,
더 이상 예전의 우리가 아니오.
나는 새롭게 간절히
　　다시 시작하고 싶소.

멋지게 살다 보면 잊을 테니
아주 새로운 기분으로.
꽃 속의 새가 보이시오? — 저놈이 참
　　희한한 짓을 하고 있군!

푸르른 온 하늘이 자기 둥지의
푸르스름한 작은 알보다도 훨씬
작다 싶은가 보오 — 우리는 행복할 거요
　　당신과 나, 나와 당신은.

더 이상 싸울 거리가 없으니 —

적어도, 서로 간에는.

보시오, 문밖에 참으로 눈부신

  세상이 펼쳐져 있소!

역사
History

사과나무에 눈이 내리고
화로에서 장작-재를 그러모으며
우리의 첫 시련에 직면했던 시절,
무기력했지만 아름다웠지.

산들이 마치 전차들처럼
줄지어 파란 전쟁에 임하고 — 당신과 나
서로의 상처를 셌던 한낮,
햇살은 휘황찬란하였지.

그러다가 묘한 잿빛 시간에
우리는 입을 맞대고 누웠지. 당신의 얼굴이
호수에 뜬 별처럼 나의 얼굴 아래 있었고,
나는 대지를, 온 우주를 휘덮었지.

아침에 또 아침이
고요히 표류하고
밤도 밤으로 표류할 뿐

길 하나 닳지 않고 지나간 시간들.

당신의 삶과 나의 삶, 내 사랑을
미루고 또 미루어도, 증오가
녹아들어 점점 사랑에 가까워지리니
결국에는 둘이 한 몸 될 운명.

십이월 밤

December Night

당신의 외투와 모자, 신발을
벗고, 내 난롯가로 다가와요
여자가 앉은 적이 없는 데라오.

내가 불을 밝게 지펴놓았으니,
나머지는 어둠 속에 남겨두고
같이 불 가에 앉읍시다.

포도주가 난로에 데워져서,
기포가 생겼다 터졌다 하는군.
두 발이 달아오를 때까지
내가 키스로 당신의 발을 데워주리다.

새해전야

New Year's Eve

이제 남은 것은 오로지 둘,
커다랗게 도려낸 검은 밤과
이 난로-불빛뿐이오.

이 난로-불빛, 중심핵과
때를 기다리며 무르익은
우리 두 사람뿐이오.

가만, 어둠이 우리의 난로를
휘휘 돌며 울려 퍼지오.
모조리 벗어버려요.

당신의 양어깨, 당신의 긁힌 목
당신의 두 가슴, 당신의 나체!
이 불타는 살결!

어둠이 가물거리다가 추락하듯,
난로 불빛이 시들하다가 솟구치듯

당신의 두 발에서 두 입술로!

식물과 동물의 사생활

당신은 기꺼이 닦이고, 지워지고, 찍혀서,
무(無)가 되겠는가?

불붙은 봄
The Enkindled Spring

이번 봄은 오자마자 녹색 모닥불로 폭발하는 듯하다,
거칠게 부푸는 에메랄드빛 나무들과 불꽃 가득한 수풀,
나무들이 향기를 피우는 숲과 물속의 촉촉한 골풀밭
사이사이로 연기 화환 두르고 고개를 드는 가시나무꽃.

이번 봄은 나를 자지러지게 한다, 대지의 땅에
불붙은 이 녹색 불꽃들의 대화재도, 이 성장하는
불길도, 확 부풀어 어지럽게 빙빙 도는 불똥들도,
나의 시선을 엇갈려 흘러가는 사람들의 얼굴들도.

그런데 나는, 이렇게 봄이 약동하며 연소하는
가운데, 나는 과연 어떤 불의 원천일까? 내 마음이
마치 불꽃들의 무리 속에서 농락당한 망령처럼,
길을 잘못 들어 넋이 나간 망령처럼, 뒤치락거린다.

버찌 도둑들

Cherry Robbers

기다란 검은 가지 아래, 어느 동양 소녀의
　머리에 꽂힌 붉은 보석들같이
볼그족족한 버찌들이 줄줄이 빛난다, 피를 흘려
　곱슬곱슬한 머리칼마다 핏방울이 맺힌 양.

반짝이는 버찌 아래, 날개를 접고서
　죽은 새 세 마리가 누워있다.
파리한 가슴의 지빠귀 둘과 검은지빠귀 하나,
　붉게 물든 새끼 도둑들.

건초 가리 아래 서 있는 소녀가 나를 보고 웃는다
　두 귀에 버찌를 대롱대롱 둘러 매달고서 ―
나에게 자신의 주홍 열매를 내어놓는다. 소녀의 눈에
　눈물이 고여 있는지 한번 봐야겠다.

석류

Pomegranate

당신은 내가 틀렸다고 말하는군.

당신은 누구요, 대체 누구기에 내가 틀렸다고 그러시오?

나는 틀리지 않았소.

시라쿠사*에 가면, 사악한 그리스 여인들이 벗겨놓은 바위가 있소.

필시 당신은 꽃 핀 석류나무들을 잊었나 보군.

아 정말 볼그족족한, 그런 나무들이 지천인데.

그에 반해서 베니스

지겨운 녹색의 교활한 도시에서는

그곳의 공화정 총독들이 늙어서 구식 눈이 달린 터라,

석류들이 마치 밝은 녹색 돌에

가시가 돋친, 가시가 돋친 왕관 같지요.

아, 대못이 박힌 녹색의 금속 왕관이

정말로 자라고 있어요!

---

*   시라쿠사는 이탈리아 시칠리아섬 남동부에 있는 항구도시.

그러나 토스카나*에서는

석류들이 손을 쬘 만큼이나 따듯하지요.

왕관들, 위엄 있게, 고결하게, 기울어진 왕관들이

왼쪽 눈썹 위에 덮여 있는데

혹시 용기가 있거든, 그 틈을 들여다보구려!

아무런 틈도 보이지 않을 거라고 말할 참이오?

차라리 반반한 면을 구경하고 싶다고요?

아무리 그래도, 지는 해들이 활짝 열리지요.

끄트머리가 우두둑 열리기 시작하면서

그 틈에서 장밋빛으로, 은은하게 반짝거리죠.

틈새 따위는 없다고 말할 참이오?

반짝이는 여명의 빽빽한 빛 방울들도 없다고요?

터져서 드러난 금빛-막의 살결, 외피, 그게 틀렸다는

말이오?

허 참, 차라리 내 가슴이 부서지는 게 낫지.

---

*   토스카나는 이탈리아 중부의 주.

갈라진 틈에 아주 아름다운 새벽-만화경이 배어 있
거늘.

무화과

Figs

사람들 앞에서 무화과를 먹는 적당한 방법은

밑동 줄기를 잡고, 네 조각으로 쪼개서

벌리는 것이다. 그러면 이내 반짝이는 장밋빛의 촉촉

하고 달콤한, 도톰한-꽃잎 네-꽃잎의 꽃.

그다음에 껍질을 벗겨버리면

꼭 네-꽃받침의 성배 같은데,

그 꽃을 입술로 따서 먹으면 끝이다.

그러나 저속한 방법은

그냥 갈라진 틈새로 입을 푹 집어넣어, 한입에 속살

을 다 파먹는 것이다.

과일마다 비밀을 품고 있다.

무화과는 아주 비밀스러운 과일이다.

무화과가 불거져서 서 있는 모습을 보면, 금세 무슨

상징물 같다.

꼭 남자 같다.

그러나 무화과를 더 잘 알게 될수록, 로마인들의 생각과 똑같이, 여자처럼 보인다.

이탈리아인들은 상스럽게도, 요부를 상징한다고 말한다. 그림-과일.

갈라진 틈, 여음상女陰像,

속으로 갈수록 놀랍도록 촉촉한 열 전도성.

말아 싸고,

안으로 뒤집혀,

모두 안쪽으로 피어나서 자궁-섬유를 이루고,

구멍 하나만 예외다.

무화과, 편자, 호박꽃,

상징물들.

전에는 안으로, 자궁-쪽으로 피어난 꽃이 있었는데,

이제는 무르익은 자궁 같은 과일이 있을 뿐이다.

그것은 언제나 비밀이었다.

그래서 그런지, 여자도 언제나 신비스러워 보인다.

본래 한 가지에서 우뚝 불거져서 벌어지는 꽃은 없
었고

다른 꽃들처럼, 꽃잎의 체현일 따름이다.

은-분홍 복숭아꽃, 베니스의 녹색 유리잔 같은 모과
꽃과

살짝 부푼 줄기에 맺히는 야트막한 술잔 모양의 마
가목꽃도

공공연하게 천국을 약속한다.

여기 꽃에 맺힌 가시를 보라! 말씀으로 통하나니!

용감하고 대담한 장미과.

무화과는 몸을 접고 접어서, 말로 할 수 없이 비밀스
럽게,

우유 같은 액즙을 분비한다. 응결하면 리코타*가 되
는 액즙,

손가락에 묻으면 이상한 냄새를 풍겨서, 염소들조차
맛을 보기 싫어하는 액즙을 분비하면서,

몸을 접고 접어서, 마호메트교도 여인처럼 둘러싼다.

나신이 모두 벽 안에 숨어있어서, 영원히 보이지 않
게 꽃을 피운다.

----

*   리코타는 이탈리아산 치즈의 일종.

유일한 접근로는 작은 한 길뿐이다. 이렇게 빽빽이 커튼을 드리워서 빛을 차단하는

무화과, 여성의 신비 같은 과일, 은밀하고 내향적인

지중해 과일, 너의 은밀한 나신,

그 안에서 모든 일이 보이지 않게 일어난다. 개화와 수정과 결실이 모두

너의 속살 안에서 이루어진다. 그래서 그 과정이 다 끝나,

네가 무르익고, 기어이 몸을 터뜨려서 너의 혼을 드러내야 비로소 눈에 보인다.

마침내 원숙한 방울이 줄줄 흘러나오면,

한 해가 끝난다.

그만큼 무화과는 자신의 비밀을 충분히 오랫동안 지켜온 셈이다.

그러니 무화과가 터지면, 그 틈새로 진홍 속살을 들여다보라.

무화과가 죽으면, 한 해가 끝난다.

그렇게 무화과는 죽는다, 보라색 틈새로 자신의 선홍색 속살을 드러내며,

상처 같은, 자신의 비밀을 노출하여, 공개하고서.

창녀처럼, 쩍 벌어진 무화과는 자신의 비밀을 과시하고 죽는다.

그렇게 여자들도 죽는다.

세월이 무르익어 떨어진다.
우리 여인들의 세월.
우리 여인들의 세월이 무르익어 떨어진다.
비밀이 발가벗겨진다.
그리고 부패가 이내 시작된다.
우리 여인들의 세월이 무르익어 떨어진다.

옛날 마음속으로 자신이 나체라는 사실을 깨달은
이브는 잽싸게 무화과 잎들을 꿰맸고, 남자에게도 같은 옷을 해주었다.
그전에는 그녀는 만날 벌거벗고 살았으나,
저 지식의 사과를 먹은 후에 비로소, 그때서야 비로소, 벌거숭이라는 사실이 그녀의 마음에 자리를 잡았다.

이브는 그 사실을 마음에 품자마자, 잽싸게 무화과 잎들을 꿰맸다.

그래서 여인들이 그 후로 줄곧 꿰매고 있는 것이다.

그러나 지금의 여인들은 저 터진 무화과를 덮기보다는, 장식하려고 바느질을 한다.

그들은 그 어느 때보다도 자신들의 나체를 마음에 품고서,

우리에게 그 몸을 잊지 않게 하려고 애를 쓴다.

이제, 그 비밀은

촉촉하고 새빨간 입술 사이로 새어 나오는 확언이 되어

주님의 분노를 비웃는다.

그럼 어쩐답니까, 선한 주여! 여자들은 소리친다.

우리는 우리의 비밀을 충분히 오랫동안 지켜왔어요.

우리는 무르익은 무화과.

우리를 터뜨려 보여줄 수밖에 없어요.

그들은 까먹는다, 무르익은 무화과들은 썩는다는 것을.

무르익은 무화과들은 썩는다는 것을.

북부의 꿀처럼 하얀 무화과도, 남부의 진홍 속살, 거뭇한 무화과도.

무르익은 무화과들은 썩는다. 지역을 막론하고 썩기 마련이다.

그렇다면, 온 세상의 여자들이 모조리 터트려서 보여 주면 어쩌나?

그런다고 터진 무화과들이 썩지 않겠는가?

포도

Grapes

아주 많은 과일이 장미에서 유래하였다

모든 장미들의 장미에서

그 활짝 핀 장미,

온 세상의 장미에서.

사과와 딸기와 복숭아와 배와 검은 딸기도 모두 장미과,

명백한 장미의 자손,

환한 얼굴로, 하늘을 향해 미소하는

장미의 자손임을 인정하라.

그러면 포도나무는 어떤가?

아, 덩굴손 포도나무는 어떤가?

우리의 우주는 활짝 핀 장미의 우주다,

명백하고,

공정한 계시.

그러나 오래전, 아, 오래전에는

장미가 최고라며 선웃음을 치기 시작하기 전에는

모든 장미들의 장미, 온 세상의 장미가 싹을 틔우기
전에는

빙하가 불안한 바다와 바람으로부터 떼로 몰려들어
쌓이기 전에는

아니 빙하가 노아의 홍수에 다시 풀려나기 전에는

전혀 다른 세상이 있었다. 꽃이 피지 않는 거무스름
한 덩굴의 세상이 있었다.

그리고 물갈퀴 발의 늪지 생물들과

그 변두리에서 살았던 부드러운 발의 원시인들은

조용하고 예민하고 활동적인데다,

청각에 촉각까지 매우 민감해서, 마치 덩굴손이 환경
에 적응하여 죽죽 뻗어나가듯이,

죽죽 뻗어나가, 조수에 감응하는 달의 본능보다도 섬
세한 직감을 체득할 정도였다.

그 세상의 포도나무는 보이지 않는 장미로,

미처 꽃잎이 펼쳐지기 전이었다, 색채로 요란을 떨기
전이었다, 숱한 눈이 너무 많이 바라보기 전이었다.

녹색의, 진흙투성이, 물갈퀴-발에, 전혀 노래 없는

세상에서

포도나무가 모든 장미들의 장미였다.

양귀비와 카네이션도 없었다

푸르스름한 백합, 흐릿한 수련도 전혀 없었다.

녹색의 흐릿하고 보이지 않는 포도나무들이 번성해서

왕처럼 몸짓한다.

보라 지금 지금도, 포도나무는 그 불가시不可視의 능력

을 잘 간직하고 있나니!

보라, 얼마나 거뭇하게, 얼마나 검푸르게, 얼마나 동

글동글하게 짙은 어둠 속

이파리들 사이에 숨어서, 거뭇한 포도가 매달려있는지!

정말 만져질 듯 말듯이 내밀한, 저 거뭇한 포도 좀

보라.

그 포도의 정체에 대해 누구에게 물어보면 좋을까?

혹시 흑인은 좀 알지 모른다.

포도나무가 장미였을 적에는 신들이 거뭇한 피부였

으니.

바쿠스는 어떤 꿈의 꿈일 뿐이다.

한때 신은 온통 흑색이었다, 지금은 흰 살결이지만.

그러나 그것은 아주 오래전의 일로, 고령의 부시맨조차 완전히 잊어버려서, 이제는 전혀 모르는 우리와 같은 처지다.

우리가 지금 재再-기억의 직전에 있기 때문이다.

그래서 아마, 아메리카가 금주에 들어갔으리라.

우리의 흐릿한 날이 황혼에 젖어 들 무렵에,

혹시라도 우리가 포도주를 홀짝거리면, 임박한 밤에서 떠올라

우리에게 다가오는 꿈들을 만날까 봐서.

아니 그보다는, 거뭇하고 비밀스러운 사람과 모든 장미의 조상

자그마한 포도덩굴-꽃이 향기를 풍기며 완전히 벌거벗은 채,

지금 우리의 투박한 시각이 절대 주고받을 수 없는

특별한 교감을 나눴던 세상, 대홍수이전 세상의 고사리-향긋한 변경을 가로지르는 우리 자신을 만날까 봐서.

우리가 포도주를 홀짝거릴 때

거뭇한 가로수길을 따라, 길게 내다보이는 경치.

포도는 거뭇하고, 가로수길 역시 어스름하게 덩굴져

서, 묘하게 잡힐 듯 말 듯 한다.

그러나 우리는, 거의 깨어나자마자, 우리의 민주적인 경치, 넓은 가로수길, 시가전차, 경찰들과 마주친다.

금시에 우리 자신으로 돌아와서

다들 소다수 판매점에 들러, 술을 깨려고 한다.

금주, 맨정신.

그것은 마치 졸려 죽겠으면서도 깨어 있으려고 싸우고 또 싸우는 아이의 괴로운 심술 같은 것이다.

금주, 맨정신, 무거운 눈을 뜨고 버티는 꼴이다.

포도주 같은 가로수길이 어스레하면,

우리는 숙명적으로, 의도하지 않아도, 저 잃어버린

고사리-향긋한 세상의 변경을 가로지르며,

우리의 입술에 그 고사리-씨앗을 머금고

두 눈을 감고서,

포도주 빛깔의 덩굴진 가로수길을 따라 저세상으로 내려간다.

잘 익은 과일이 떨어지면
When the Ripe Fruit Falls

잘 익은 과일이 떨어지면
그 달콤함이 증류되어 대지의
핏줄 속으로 흘러든다.

생을 마친 사람이 죽으면
그의 경험에서 우러나온 정유가
생활 공간의 핏줄 속으로 들어가서,
영원한 혼돈의 원자, 그 몸을
반짝거리게 한다.

공간이 살아있고,
깃털을 반짝이는 백조처럼,
그 증류된 경험의 기름칠에
비단결처럼 꿈틀거리기 때문이다.

사이프러스

Cypresses

토스카나 사이프러스,

무슨 사연일까?

은밀한 생각처럼 겹겹이 싸여

언어를 잃고 말았으니,

토스카나 사이프러스,

큰 비밀이라도 있나?

우리네 말은 정녕 소용없나?

전달 불능의 비밀,

멸한 종족 멸한 말과 함께 죽어버렸지만, 여전히

네 안에 기념비처럼 어렴풋이 박혀 있는

에트루리아*의 사이프러스.

＊   에트루리아는 지금의 토스카나(이탈리아 중부)에 있었던 고대 왕국으로, 기원전 6세기에 로마 공화정에 편입되었다. 그리스문화의 유입으로 올림포스의 12신을 숭배하고, 그리스 알파벳을 차용한 라틴어를 썼으며, 아치나 하수-배수 처리시설 같은 건축에도 뛰어나서 '에트루리아 문명'을 구가한 것으로 알려져 있다.

아, 너의 충실성 정말 경탄스럽구나,

거뭇한 사이프러스,

그것이 긴-코 에트루리아인들의 비밀일까?

긴 코에, 민감한 발, 미묘하게 미소하는 에트루리아

인들,

그들도 사이프러스 숲 바깥에서 저리 작게 속닥거렸나?

저마다 기다란 어둠을 흔들흔들 사방에 퍼뜨리며

굽이치는 불길처럼 치솟은 사이프러스 숲속에서

에트루리아처럼 거뭇하게, 너울거리는 옛 에트루리

아인들.

기발하게 길쭉한 신발 말고는 홀딱 벌거벗은 채,

음험하게 살짝 미소할 뿐 말없이,

차분하고 침착한 어느 아프리카인과

어떤 잊힌 일에 대해 조율하는 것 같다.

그런데, 무슨 일일까?

아니지, 혀가 죽어서, 말이 빈 꼬투리처럼 공허하니,

소리를 퍼뜨려 봤자 저마다 사연이 담긴

에트루리아 음절들의

메아리에 그칠 따름일 테니.

그러나 그럴수록 토스카나 사이프러스, 너는

은밀히 옛 생각에

더욱 집중하는 듯하다.

가냘프지만 불멸의 옛 생각에, 그동안은 너도 영원하
리라

에트루리아의 사이프러스,

어스레하게, 가냘프게 골수에 박혀 있는 생각, 희미
하게 어른거리는 에트루리아인들,

로마가 사악하다고 불렀던 종족을 계속 붙들고 있는
한은.

사악하고, 음험한 사이프러스,

사악한, 너희는 비굴하게, 생각에 잠겨, 조용히 흔들
거리는 검은 불기둥들.

멸한, 멸한 한 종족에게 바치는 기념비가

너희 안에 미라처럼 보존되어 있나니!

그런데 그 가느다랗고, 예민한 발에, 긴 코의

에트루리아인들이 정말로 사악했을까?

아니면 바람 속의 사이프러스-나무들처럼, 습성이
그저 모호하고 특이하고, 음험했을 따름일까?

그들은 온갖 악덕과 함께 멸하고 말았다
그래서 이제 남은 것은
그저 일부 사이프러스의 아련한 편집증과
무덤 몇 개뿐.

저 미소, 미묘한 에트루리아인의 미소도 여전히
저 무덤들, 에트루리아의
사이프러스 안에 숨어있으리라.
마지막에 웃는 자가 가장 오래 웃는 법이다.
천만에, 레오나르도는 순수한 에트루리아인의 미소
를 망쳤을 따름이다.*

나라고 한들 희귀한
난초처럼 악의 탈을 쓴 에트루리아인들을
되부르고 싶지 않을까?

악에 관한 한
우리는 오직 로마의 말을 가지고 있을 뿐이다.
물론 나야, 로마의 미덕에 다소 싫증이 난 터라,

---

*   레오나르도 다빈치(1452-1519)가 그린 '에트루리아의 무덤'에 대한
    소묘를 연상시키는 표현.

그 말에 크게 얽매이지는 않지만.

아, 우리가 그 침묵 당한 종족도 그들의
혐오스러운 모습도 다 파묻어버린 흙 속에, 숱한
인생의 은은한 마법까지 다 묻어버렸음을 잘 알기에.

그 깊은 곳에서
유향을 휘돌려 향긋한 수지를 줄줄 토해내는
환영 같은 사이프러스들,
바로 파멸된 사람 목숨의 진한 향기!

다들 적자가 생존한다지만,
나는 버림받은 자들, 생존하지 못한 사람들,
험악하게 버림받은 사람들의 혼을 불러낸다.
그들이 가지고 떠나 범할 수 없게
차분한 사이프러스 나무들, 에트루리아의
사이프러스 안에 숨겨버린 의미를
되살려내고 싶다.

악하다고, 뭐가 악인가?
세상에 유일한 악은 생명을 부정하는 행위뿐이다,
로마가 에트루리아를 부정했듯이

기계적인 아메리카가 여전히 몬테수마를 부정하듯이.*

---

* 몬테수마는 보통 스페인의 코르테스(1490?- 1554)에게 정복당한 멕
    시코 아즈텍 부족의 최후 황제 몬테수마 2세(1466-1520)를 가리키지
    만, 여기서는 미국 콜로라도주 남서쪽에 있는 동명의 몬테수마 카운티
    를 말한다. 이 카운티 대부분이 유트산 인디언 보호구역에 속해 있는
    데, 로렌스는 이 대목에서 미국의 대 인디언 정책을 혹독하게 비판하고
    있다.

열대
Tropic

태양, 검은 태양

검은 무열無熱의 태양

타는 한낮의 무섭도록 어두운 태양.

배배 꼬여 거뭇해지는 나의 머리칼을 보라.

황갈색으로 노래지는 나의 눈을 보라

흑인,

보라 우윳빛 북부의 거품이

나의 혈관 속에서 거뭇하게 응고되어

유향처럼 향긋하나니.

거뭇하고 보드라운 기둥들

태양처럼 검은 사람들

보드라운 작은 기둥몸들, 태양을 들이쉬는 입들

노란, 금빛 모래 같은 눈들

마찰하면, 유황처럼 위험하게, 폭발할 것 같다.

요동쳐라, 검은 열기의 파도들아,

검은 열기의 파도들아, 흔들흔들, 들떠 올라
수직으로 너울거려라.

굽이쳐 올라 홍수처럼 내 눈을 스쳐 가는 검은 열파를
어찌 수평선의 굽이치는 물결에 견주랴?

평화

Peace

평화가 현관 계단에 새겨져
용암에 휩싸인다.

평화, 검은 평화가 응결된다.
내 가슴은 아무런 평화도 모른 채
작은 산이 폭발하고 만다.

강렬히 불타는 유리처럼 눈부시게
눈부시게 애타는 용암이
왕뱀처럼 서서히 산을 타고 바다로 내려간다.

숱한 숲, 도시, 다리들이
그 찬란한 용암 꼬리에 잠겨 다시 사라졌다.
낙소스*는 올리브나무 뿌리 수천 피트 아래로,
이제 올리브나무 잎들도 용암 불꽃 수천 피트 아래로.

---

*   낙소스는 에게해 남부에 있는 그리스의 섬으로, 키클라데스제도에서
       가장 큰 섬.

평화가 현관 계단에 검은 용암으로 응결되었다.

그 안에 밴, 백열의 용암은 절대 평화롭지 않으리라

끝내 폭발해서 대지를 휘덮어, 이울게 하고,

다시 바위에 잿빛-검은 바위에

박힐 때까지는.

그럼 평화가 찾아올까?

바바리아 용담꽃

Bavarian Gentians

따스한 구월, 더디 가는, 슬픈 미가엘 축일*에,
모두의 집에 용담꽃이 피어있는 것은 아니다.

바바리아 용담꽃, 크고 거뭇하여, 아주 거뭇하여
플루토의 음울한 푸른 연기 나는 횃불처럼 낮을 거
뭇하게 물들이고,
갈라진 횃불처럼, 푸르게 퍼진 어둠의 불길에 눌려서
퍼지는 갈래꽃들, 하얀 낮의 붓질에 반반이 펴져서
푸른 연기 피우는 어둠의 횃불-꽃, 플루토의 검푸른
현혹,
디스 신전의 검은 등불들이 검푸르게 타올라,
어둠, 푸른 어둠을 발산한다, 데메테르의 희미한 등
불들이 빛을 발하듯,
이제 나를 이끌어, 그 길로 데려가 줬으면 좋겠다.

나에게 용담꽃 한 송이 쥐여주기를, 횃불 하나 건네
주기를

---

*   미가엘 축일은 9월 29일.

푸릇하게 갈라진 이 횃불 꽃을 길잡이 삼아

점점 어두워지는 저 계단을 내려가도록, 푸른색이 겹겹이 쌓여 어둡게 물든 그곳,

페르세포네*가 이제 막, 서리 내린 구월을 뒤로하고

어둠이 어둠 위에 깨어나 보이지 않는 영토로 떠나려는 곳,

그리하여 페르세포네 자신이 한낱 목소리로

아니면 보이지 않는 어둠으로 변해서, 한결 더 어두운

플루토의 품에 안겨, 농밀한 암흑 열정에 꿰뚫린 채,

찬란한 어둠의 횃불들에 둘러싸여, 죽은 신부와 신랑에게 어둠을 퍼뜨리는 그곳으로.

---

*   이상의 표현에서, 플루토와 디스는 하계의 신, 페르세포네는 플루토의 아내, 데메테르는 페르세포네의 어머니로, 농업과 결혼의 여신이다.

아몬드꽃
Almond Blossom

철도 싹틀 수 있다

철조차도.

바야흐로 철 시대,

그렇지만 다 같이 용기를 내자

철이 터져 발아하는 모습을 보면서,

녹슨 철이 꽃구름으로 부풀어 오르는 모습을 보면서.

아몬드-나무,

12월에 흙을 디밀고 나오는 벌거숭이 철 갈고리들.

아몬드-나무는

극상의 슬픔에 젖은

뱀처럼, 아주 치명적인 독을 알고 있다.

그 철에, 강철에 맺히는

기묘한 박편들은 꼭 눈송이, 눈의 작은 조각들,

녹아내리는 눈의 작은 부스러기들 같다.

그러나 틀렸다. 그것은 하늘이 아니라,

철에서 나온다, 강철에서 나온다.

하늘에서 흩날려 내려오는 것이 아니라, 폭풍처럼 솟
구쳐,

신기하게도 조밀한 땅-밑에서 폭풍처럼 솟구쳐서

철을 따라, 살아 있는 강철에

장미처럼 따가운 첨단, 장밋빛 엷은 눈송이들로 맺혀서

극상의 수태고지를 세상에 전하기 시작한다.

오히려, 얼마나 섬세하고 고결한 믿음을 품은 가슴인가,

철을 터뜨리는

녹슨 칼 같은 저 아몬드나무들은.

나무들도, 여타 종족처럼, 긴 세월을 견디며 대를 잇
는다.

그들도 배회하고 추방당한다. 그들도 오랜 세월 귀양
살이한다.

뽑혔으나 다시 칼집에 꽂히지도 베지도 못하고 새까
매져 버린 칼처럼,

생경한 땅에 생경한 나무들로. 그럼에도 불구하고

꽃의 심장,

꽃의 꺼지지 않는 심장!

저 숱한 흉터투성이의 연약한 덩굴을 보라. 그보다
상처 입고 연약할 수는 없으리라.

그런데도 저 작은 상처투성이-그루터기에서

다시 흥겹게 자기 몸을 널리 내뻗는 모습을 보라.

외고집의 완고하고 끈적끈적한 무화과-나무조차

억눌려서 자랄지언정, 끝내 폴립처럼 터져서 길게 늘
어진다.

철 시대에 귀양살이하는 아몬드-나무도 그런다!

이곳은 고대의 남쪽 땅, 여기에서 암포라, 크레이터,
칸타로스, 오이노코에, 열린 가슴의 킬릭스 같은 항아
리들이 구워졌다.*

지금은 철 같은 아몬드-나무들로 가득하다.

---

*   암포라는 고대 그리스와 로마의 항아리로, 몸통이 불룩하고 길며 목 부
분에서 몸통 쪽으로 두 개의 손잡이가 달려있다. 칸타로스는 고대 그리
스와 에트루리아 등지에서 사용한 술잔으로, 밥공기 모양의 허리 부분
에 손잡이가 수직으로 달려있다. 오이노코에는 고대 그리스에서 만들
어진 항아리 형식으로, 흔히 술을 따르는 용기로 사용되었고, 킬릭스는
그리스 도기의 일종으로, 술잔을 말한다.

절대 잊히지 않은 철,

새벽 가슴의 철,

끝없이 고동치는 새벽 가슴이 철로 감싸여, 타향살이에 맞서 세월에 맞서 살아가는 곳.

긴 밤 이어지는 1월에,

저녁별과 시리우스성*이 빛나는 길고 어둑한 밤, 그긴 밤 내내 불어오는 에트나산의 눈바람 속에서,

철이 눈을 기억하는 가슴에서

눈꽃을 속속 피워내는 모습을 보라.

그 기나긴 밤에 겟세마네** 곳곳에 핏방울이 송알송알 맺혀

꽃으로, 긍지로, 꿀 같은 승리로, 아주 절미한 광채로 살아난다.

아, 활짝 핀 저 생명의 나무

저 장려하고 대담무쌍한 꽃들을 움터내는 십자가를 나에게 달라!

---

*   큰개자리(The Great Dog)에서 가장 밝은 청백색의 별.
**   겟세마네는 예수가 유다의 배신으로 붙잡힌 예루살렘 부근의 동산
       (『신약성서』「마태복음」26장 36절 이하 참고).

150

필시 아몬드나무의 기운을 돋우는 무언가가 있으리라. 저녁별과 눈바람과 저 길고 긴 밤들 속에, 아득하나마,

태양처럼 아주 온화한 나라에 대한 어떤 기억이 있으리라.

그래서 믿음이 가슴속에서 다시 미소하고

다시 한번 입증된 믿음의 저 말할 수 없는 기쁨에 피가 잔물결처럼 일렁이는 것이리라.

그래서 그 겟세마네 핏방울이 철의 기공들에 송알송알

진주알처럼 맺히고 맺혀, 보들보들한 봉오리로 변한 끝에

커다랗고 거룩한 걸음걸이로 성큼 나오는, 한 발짝 큰 걸음으로 나오는

벌거숭이 꽃나무로 변신해서, 마치 이슬로 목욕하는 신랑처럼, 옷을 다 벗고서,

연약한 나체, 완전히 벗은 몸을

시리우스 컹컹 우짖는 녹색 밤에, 에트나산의 날 선 눈바람과

1월의 아우성치는 듯한 태양에 한껏 드러내는 것이리라.

견고한 철에서 갑자기

검-녹을 벗고 완전한 꽃으로 변신하여, 보란 듯이 벌

거벗고 나오는 모습을 상상해 보라.

완전히 드러난 나체로 거기 서서,

눈-바람과 태양의 섬광과 컹컹 짖으며 결혼 축가를 부르는 시리우스에게 한없이 미소하는 모습을 상상해 보라.

아, 꿀-몸의 아름다운 꽃이여,

철에서 나와라,

너의 가슴은 붉지만.

연약하고 무른, 연약하고 무른 생명체,

그러나 언제나 철보다 대담무쌍하고,

그래서 더욱 의기양양하고, 그래서 망설임을 경멸하나니.

멀리서 보면 희끗희끗한 서리 같고, 마치 녹색 언덕에서 교제하는 은빛 유령들 같은 꽃,

하얀 서리 같은 신비로운 꽃.

정원에서 물보라 같은 몸으로

새벽처럼 연한 빛을 발산하며, 정말 감당할 수 없이,

엷게 미소하는, 확신에 차서 주위를 둘러보는

칼-날의 자식이여.

기약 없이,

한도 없이 맺혀있구나.

곯아떨어졌다가 기약 없이 나오는

거룩한 생명의 나무이기에,

아무 두려움 없이, 철 속에서도 땅속에서도

가슴 깊이 행복을 누리는 생명체.

연분홍, 물고기-은빛의 무리

하늘에서, 푸르고 푸르른 하늘에서

소리 없이, 행복에 겨워서, 널리 빛을 발하는 꿀-몸에,

속까지 붉게,

속까지 붉게 물들어,

하늘의 엷은 빛살에 무리 지어 맺혔나니.

피어라,

피어라,

다섯 배 활짝 피어라

여섯 배 활짝 피어라

다 드러내라, 완전하게

마지막 아픈 가슴에 속까지 붉게 물들어,

아픈 가슴으로 바라보아라.

모기
The Mosquito

언제부터 그런 묘기를 부리기 시작했나
선생?

뭐 때문에 그리 기나긴 다리로 서 있나?
갈가리 찢긴 정강이는 왜 그리 길지
우쭐한 양반?

자네의 무게중심을 부상시켰다가 공기처럼 가벼이
내 몸에 내려앉아, 무중력 상태로 나의 몸에
서 있을 속셈이겠지, 환영幻影 같은 양반?

나태한 베니스에서 한 여자가 자네를 날개 달린 승
리로
부르는 소리를 들었네.
머리를 꼬리 쪽으로 돌려서, 미소하는군.

어떻게 그리도 엄청난 마성을
그 투명한 환영 조각같이 덧없는 몸에

주입할 수 있나?

신기하군, 엷은 날개에 후들거리는 다리들로

잘도 날아다니는구면, 왜가리처럼, 아니 흐릿한 공기 덩이,

한낱 공雲 같은데.

그렇지만 자네의 몸을 감싸는 묘한 기운,

기웃거리다가, 금시에 내 마음을 마비시켜버리는 사악하고 야비한 기운.

그것이 자네의 요술, 정말 추악한 마술이지.

순식간에 사라져서, 자네를 향한

나의 주의력을 둔화시켜버리는 마취 능력.

그러나 이제는 나도 자네의 수법을 알지, 성마른 마법사 양반.

신기하게도, 살그머니 접근해서 내 몸을 포위한 채,

허공을 빙글빙글 잘도 피해 돌아다니며

날갯짓하는 송장 먹는 귀신

날개 달린 승리.

길고 가느다란 다리로 자리를 잡고 서서

곁눈질로 나를 주시하다가, 교활하게 나의 자각을 알

아채는

작은 반점 같은 양반.

자네에 대한 나의 반감을 읽어내고

허공으로 비스듬히 휘청휘청 내빼는 습성이 나는 싫네.

그러니 내려오게, 불시에 같이 놀아보세,

이 음흉한 숨바꼭질 놀이의 승자를 가려보세나.

사람인지 모기인지.

자네도 내가 있는 줄 모르고, 나도 자네가 있는 줄

모르네.

자 그럼 시작!

자네의 으뜸 패

자네의 역겹고도 비열한 으뜸 패는

바로 자네, 날카로운 악당 양반

나의 피를 별안간 뒤흔들어 자네를 증오하게 만드는

그것.

바로 내 귓가를 맴도는 자네의 작고, 드높고, 지겨운
나팔 소리.

왜 그런 소리를 내는가?
확실히 그건 위험한 방책일세.

다들 자네로서는 어쩔 수 없다고 하더군.

혹시 그렇다면, 나도 무구한 이들을 보호해주는 신의
섭리를 좀 믿어볼 수밖에 없겠군.
물론 자네가 나의 머리 가죽에 와락 덤벼들 때면
함성처럼 승리의 외침처럼 정말 굉장하게 들리지만.

피, 붉은 피
최고의 마법 같은
금단의 술.

나로서는 자네가 꿈쩍도 하지 않고
잠시 발작 난 듯이 망각에 빠져서,
무아경으로 음란하게
생생한 피 나의 피를
빨아대는 모습을 바라볼 수밖에 없지.

저 침묵, 저 일시 정지된 도취,

저 탐식,

저 음란한 침탈.

자네가 비틀거리는 것도

당연지사.

자네의 저주받아서 아슬아슬하게 여린 몸

자네의 극히 가벼운 무중력 몸만이

자네를 구하는 길, 그 몸에 붙들린 나의 분노가 일으
키는 바람에 날려 도망칠 길이네.

조소의 찬가를 부르며 도망쳐보게

날개 달린 핏방울-양반.

내가 자네를 따라잡지 못할까?

자네가 나보다 한 수 위라고?

날개 달린 승리라고?

내가 모기 자네를 능가할 만한 모기가 아니라서?

신기하군, 짓이겨진 자네의 몸은 극소의 얼룩인데

나의 빨린 피는 참으로 커다란 얼룩 덩어리로세!

신기하군, 자네가 이리 흐릿하고 모호한 얼룩으로 변

해버리다니!

모기는 알고 있다

The Mosquito Knows

모기는 아주 잘 알고 있다, 비록 작긴 하지만

자기가 맹수라는 것을.

그러나 어쨌거나

모기는 그저 자기 배만 불릴 뿐,

나의 피를 은행에 넣어놓지는 않는다.

남쪽의 밤

Southern Night

솟아라, 붉은 물체야.
솟아올라, 달이라고 불리어라.

오늘 밤 모기들이 물어뜯고 있다
마치 기억들처럼.

기억들, 북쪽의 기억들,
가차 없이 찌르는 하얀 세상이 우리를 구멍 내고
이 밤 속으로 가라앉는다.

이 붉은 저주를
월출이라고 부를까?

떠올라라, 붉은 물체야,
시나브로 펼쳐 올라라, 피 같은 어둠아,
고요한 별들 가득한, 밤의 얇은 막을 기어코
터뜨려라.

붉은 흑점에

얼룩을 묻혀라.

박쥐

Bat

저녁에, 이 테라스에 앉아있다가,

서쪽 하늘 태양이 피사를 지나서 카라라* 산맥을 넘어

떠날 때면, 세상이 불시에 기습을 당한다 . . .

지친 꽃 플로렌스가 주위의 타오르는 갈색 언덕 밑

에서

어두워질 무렵에 . . .

베키오 다리**의 아치 밑에서

녹색 불빛이 강물에 박히고, 서쪽 하늘 붉은 놀이

거뭇한 아르노강 물에 비칠 무렵에 . . .

하늘을 쳐다보면, 밤과 낮 사이로

날아다니는 물체들이 보이리라.

---

*   피사와 카라라는 이탈리아 토스카나 지방에 있는 도시.
** 베키오 다리는 이탈리아 중부 플로렌스에 있는 다리로, 아르노강의 다
    리 중에서 가장 오래되었으며(1345년에 건설), 로마 시대의 마지막 다
    리로 알려져 있다. 2차 세계대전 막바지인 1944년에 연합군에 쫓기던
    독일군도 강 양변의 집을 모조리 파괴했으나 이 베키오 다리만은 그대
    로 남겨두었다고 한다.

검은 실의 실패로 그림자들을 모아서 꿰고 있는 제
비들.

불빛이 밀려드는 다리의 아치 밑으로 선회 급강하,
잽싸게 포물선 낙하하는 모습,
허공에서 어떤 물체를 피하여 급회전하는 모습.
물을 향한 급강하.

문득 이런 생각이 들리라.
"제비들이 아주 늦게까지 날아다니네!"

제비들?

검은 날짐승이 공중제비하지만
제대로 된 호를 그리지도 못한 채…
홱홱, 찍찍, 탄력적인 몸부림으로 비상해서
하늘을 등지고 펼치는 톱니 모양의 날개들,
꼭 불빛을 향해 위로 던져졌다가 다시 낙하하는
장갑, 검은 장갑 같다.

제비들이 아니라!
박쥐들!

제비들은 떠났다.

제비들이 잠시 주저하다가 박쥐들에게 베키오 다리를
내어주고 말았다 . . .
보초 교대.

박쥐들과 박쥐들이 머리 위로 급습할 때면
머리 가죽으로 기어드는 듯한 불안감!
미친 듯이 날아드는

피피스트렐로!*
극소의 피리를 부는 검은 피리쟁이.
허공을 날아다니며 막연한 소리로 사납게 보복하는
작은 덩어리들,

우산 조각 같은 날개들.

박쥐들!

낡은 넝마처럼, 혐오스럽게 거꾸로 매달려
잠자는 생물들.

---

*   이탈리아어로, '박쥐'를 뜻한다.

줄줄이 널린 혐오스러운 낡은 넝마들처럼 거꾸로 매
달려

잠자면서 헤죽거리는

박쥐들!

내 취향은 아니다!

벌새
Humming-Bird

태고의 말할 수 없이 아득한 옛날
완전히 딴 세상의 아주 무서운 정적 속에서
유일하게 헐떡이며 콧노래를 부른 벌새들이
가로수길을 따라 질주해 내려오는 모습을 나는 상상
한다.

만물이 영혼을 갖기 전에,
생명이 한낱 물질 덩어리, 거의 무생물이었을 동안에,
이 작은 뜨내기가 알을 깨고 나와 찬란하게 빛 발하며
활기 없는, 거대한 다즙의 줄기들로 윙윙 날아들었다.

벌새가 천지창조 전에 휙 날아들었던 그 세상, 그때는
필시 꽃 한 송이 없었으리라.
그래서 벌새는 긴 부리로 그 활기 없는 식물의 잎맥
을 꿰찔렀으리라.

벌새는 아마 커다랬으리라
이끼도, 작은 도마뱀들도 예전에는 컸다고들 그러듯이.

벌새도 아마 꿰찌르며 위협하는 괴물이었으리라.

지금 우리가 시간의 긴 망원경을 거꾸로 들고 벌새
를 보고 있기에,

그나마 우리에게 다행한 일이다.

백조

Swan

아득히 멀리

우주의 중심에서

재빠른 속도로

나래 치며

고요히

나아간다

온갖 종말의 강물에 떠 있는 커다란 백조

거대한 카오스 속, 전자電子 속의 백조.

우리를 위해

더 이상 백조는 고요히 헤엄치지 않는다

행복한 에너지의 원천을 가로질러 큰 잿빛 항적을

남기며

재잘대지도 않는다

이제 백조는 원자元子들에 순응하듯 앉아있지도 않고,

북쪽의 황량한 얼음 잠든 얼음을 향해

날아가지도 않는다

습지에서 먹이를 잡아먹지도 않고

169

뿡뿡 뿔피리 소리처럼 황혼에 젖어 들지도 않는다.

백조는 이제 몸을 웅크려

어둠 속에서 우리를

덮칠 뿐이다.

백조가 우리의 여인들을 짓밟고 있으면

우리 남자들은 쫓겨난다

그 거대한 하얀 새가

우리의 깃털 없는 여인들 몸에

미지의 충격들로 이랑을 내고

그의 검은 늪-발자국을 그들의 하얀 늪 같은 살에

찍을 때면.

불사조

Phoenix

당신은 기꺼이 닦이고, 지워지고, 찍혀서,

무無가 되겠는가?

당신은 기꺼이 무가 되겠는가?

망각으로 뛰어들겠는가?

그러지 않으면, 당신은 결코 변신하지 못할 것이다.

불사조는 자신의 젊음을 되찾는다

오로지 자기 몸이 불타서, 산 채로 불타서, 불타서

뜨거운 솜털 같은 재로 변할 때만.

그 후에 둥지에서 미미하게 꿈틀거리는 새로운 작은

알에

마치 떠다니는 재 같은 몇 가닥의 보드라운 털이 생

겨나

자신의 젊음을 되찾고 있음을 보여준다, 불멸의 새

독수리처럼.

사랑 폭풍

Love Storm

숱한 장미들이 바람 속에서
창틀을 똑똑 두드리고 있다.
매 한 마리가 하늘에서 두 날개를
서서히 찰싹거리기 시작한다.

두들기는 서풍에 장미들이
쥐여 뜯겨, 붉은 물이
바람 놀을 타고 후두두 떨어진다.

아직 매는 떠 있고, 단 한 번의 날갯짓으로
제자리 고수 의지를 입증하는 매를
온 하늘이 지나쳐간다.

풀밭의 데이지꽃들이 나근나근 휘고,
매가 추락했다. 바람에 장미들이 모두
기진맥진, 끊임없이
잎들이 와삭대는 소리가 한 새의 요란한
울음소리를 휩쓸어버린다.

붉은 장미 한 송이가 바람 타고 간다. ― 바람에
휩쓸린 길을 타고 비상하는 매가
하늘길을 술술 나아간다. 데이지꽃들이
야릇하게 하얀 신호를 보낸다,
마치 비명이 들려온 장소를 가리키려는 양.

그런데 아, 내 가슴에서, 온갖 새들이 빽빽 울고 있다!
한 줄기 은빛 바람이 아주 어린 장미의
얼굴을 다급히 훔치고 있다.

아, 내 가슴아, 그만 염려해라!
매는 떠났고, 서풍이 불 때마다
장미 한 송이가 똑똑 창틀을 두들긴다.

똑, 똑, 붉은 장미 한 송이가 두들기는 소리일 뿐,
두려운 것은 찰싹대는 날갯소리.
그까짓, 주홍 장미 한 송이 팔랑팔랑
사물들의 밝은 회색 폐허로 추락해버리라지!

물고기
Fish

물고기, 아 물고기,
아주 작은 물질들!

바닷물이 솟아 대지를 휘덮어도
움푹 꺼진 곳에 고인 물이 말라버려도,
너희에게는 매한가지.

물처럼, 수중에
잠기어
물결처럼 동요하나니.

물결이 굽이치면
너희도 굽이치고.
물결이 휩쓸려 나가면
너희도 한 몸으로 휩쓸려 나가
도무지 나타나지 않으니.

전혀 알 수가 없다.

납득할 수도 없다.

너희의 삶은 너희의 옆구리를 스쳐 가는 감동의 봇물,
지느러미의 도리깨질에, 나선형의 꼬리 아래 물드는
붉은 빛,
쇠살대 같은 너희의 아가미 속에서 촉촉하게 불타는 물,
응고한 물-눈들.

뱀들도 서로 뒤엉켜 눕는다.

그러나 아, 물속에서 흔들거리는 물고기,
너희만이 물과 함께 눕는다,
한 촉감.

손가락도 없이, 손도 발도 없이, 입술도 없이,
연한 주둥이도 없이,
탐내는 배도 없이,
욕망의 요부도 없이,
아무것도 없이.

너희와 적나라한 원소,
일렁이는 파도뿐.

저녁의 으스름한 빛 속에서 뛰노는 양철 조각들.

누가 그 벌거숭이 큰물에 정액을 내뿜나?
파도-어머니 속에?
누가 자궁 안에서 헤엄치나?
누가 고요한 열정의 물, 자궁-원소와 함께 눕나?
— 땅 아래 물속의 물고기.

물 위에 떠 있는 빵이 뭐가 대수랴?

물고기 자신 온통 은빛의 자기뿐이요
그 원소 속에 달리
아무것도 없는데.

더는 아무것도 없이.

그 자신과
원소뿐인데.
먹이도, 물론!
물을 열망하는 눈,
입-문을 열고서
죄어치며 나아가는 강한 척추와

꿀떡꿀떡 마셔대는 탐욕스러운 배.

공포도 물론이다!

그도 공포를 안다!

다가오는 창꼬치의

주저하는 물-눈들,

물고기다운 목소리로

거의 절규하는 황홀감…

그러다가 기운차게 꼬리를 돌려 그림자에서 벗어나

는 기쁜 공포.

먹이와 공포와 삶의 환희,

사랑을 초월한다.

거꾸로 해봐도

삶의 환희와 공포와 먹이,

모두 사랑을 초월한다.

정말 대단한 삶의 환희가

물속에서!

서서히 입을 벌리고 물을 헤쳐 간다.

홀로 원소와 함께,

가라앉고, 솟구치고, 물과 함께 잠든다.

아련하게 끝없는 잔물결들에 말을 걸어서 물결을 일
으키고

아가미에 밴 밀물을 빨아들였다가,

물고기-피를 시나브로 다음 밀물로 흘려보내, 물고
기-불을 짜내고

마치 연인처럼, 원소와 한 몸이 되었다가,

이내 솟구쳐 허공에서 파닥파닥 찰싹대는

도발자.

다시 큰물의 얼굴을 찰싹 때리며 추락하여

한 몸으로 합체!

한 물고기가 된다!

그렇게 물속에서 완전히 걱정을

초탈하는 한 물고기가

된다.

신이 사랑이기 전에,

생명이 사랑을 알기 전에 태어나서,

사랑 없이도, 아주 활기차고!

그 모두에 앞서 아름답게 태어나서

보란 듯이, 떼지어 몰려다니는

물고기들.

그들은 무리 지어 돌진한다.

그러나 소리도, 접촉도 없다.

그들은 말도, 충동도, 화조차 주고받지 않는다.

한 번의 접촉도 없다.

다수가 함께 떠다니지만, 영원히 따로따로,

나머지와 한 파도를 타지만, 제각각 물과 홀로 있다.

물속의 어떤 자력이 그들을 이어줄 뿐이다.

나는 아나포강*을 헤엄쳐서 가로지르는 물뱀을 보고,

내 가슴에게 말했다. *봐라, 저놈 좀 봐라!*

대가리를 쳐들고, 마치 새처럼 나아가는군!

놈도 희한하지만, 놈은 그저…

그저 첼러 호수** 위의 작은 배 안에 앉아

---

*   아나포는 시칠리아에 있는 강으로, 희랍어로 "보이지 않는" 강을 뜻한다.
        지하로 흐르는 수로가 많아서 이런 이름이 붙여졌으며, 그리스신화에
        등장하는 동시칠리아의 수신 아나포스와 관련되어 있다. 하데스가 페르
        세포네의 납치를 반대한 아나포스를 강으로 변신시켰다는 내용이다.
**   첼러 호수는 오스트리아의 알프스에 있는 작은 민물 호수.

숨 쉬는 물속에서 물고기들이 떠올랐다가
헤엄쳐서 갈 길을 가는 모습을 구경하며 —

내 가슴에게 말했다. *이놈들은 누굴까?*
내 가슴은 놈들을 소유할 수 없었다…

날렵한 지느러미에 회색 줄무늬 옷차림의
가느다란 어린 창꼬치, 창꼬치의 어린 새끼 한 마리가
물속에서 구부정히 움직이며 시야에서 어른거렸다,
마치 거무스름한 포장도로 위의 시골뜨기처럼…

아하, 내막에 밝은 이가 있을 텐데!

그러나 그 꼼짝없이 죽은 듯한 동태,
부자연한 통 몸, 기다란 귀신 코를
좀 더 가까이 들여다보다가…
나는 놈에게 소리치며 내빼고 말았다.

내가 실수했다. 물속의 이 잿빛,
지지부진한 영혼, 그림자 속의
이 열정적인 개체, 살아있는
물고기를 나는 몰랐다.

나는 놈의 신을 몰랐다
나는 놈의 신을 몰랐다.

그것은 아마 삶이 우리한테서 짜내야 할 최후의 시
인是認이리라.

나는, 아련하게나마, 큰 창꼬치가
돌진하자, 작은 물고기들이
지저깨비처럼 도망치는 모습을 보고
내 가슴에게 말했다. *내 가슴아,*
너에게도, 유일한 신에게도
한계가 있다.
물고기들은 나를 초월해 있다.

나의 영역을
초월해 있는 다른 신들… 나의 신을 초월해 있는 신
들…

그들은 나를 초월해 있는, 물고기들이다.
나는 내 존재의 울타리 안에 서서
넘어다보다가, 그 바깥에 있는

물고기들을 본다,

마치 강둑에 서서 물속을 들여다보는 누군가처럼.

나는 긴 낚싯대를 잡고 기다리다가

갑자기 물속에서 금빛-푸릇하게 빛나는 물고기 한

마리를 끌어올려,

마치 내 머리에 두른 후광처럼 그놈을 휘휘 돌려서,

허공에서 위태롭게 메어쳤다.

달싹거리며 물을 토하는 그놈의 입에서 바늘을 뺐다.

그리고 그놈의 공포에 뒤집힌 눈, 불그스름한 금빛의

물처럼 값지고 거울처럼 반반한 밝은 눈을 보았고,

내 손에 붙잡혀서 점액을 분비하며 팔딱거리는 그놈

의 약동하는 생명 박동을 느꼈다.

이윽고 내 가슴이 자책하며

생각했다. *나는 창조의 척도가 아니다.*

이놈은, 이 물고기는 나를 초월해 있다.

이놈의 신은 나의 신 바깥에 있다.

내 손에서 금빛-푸릇한 맑은 칠 같은 점액이 떨어지고,

불그스름한 금빛 거울 같은 눈이 응시한 채 죽어가며

물처럼 순한 눈매가 흐릿해진다.

그런데 그제야 비로소 놈이 나의 일출보다

먼저 태어났다는 것을 알았다.

나의 낮보다 먼저.

그놈이 나보다 먼저 시작한다.

그놈에게는 숱한 손가락을 지닌 햇살처럼 두려운 존

재, 내가

그놈을 죽게 했을 뿐이다.

물고기들,

금빛의 붉은 눈에, 푸릇하고 맑은 미광의 금밑색을 띤

저들의 전前-세상 고독은

사랑스러움을 초월한다.

그리고 하얀 살,

저들은 다른 궤도에서 산다.

아웃사이더.

물-나그네들.

한 원소의 생물들.

물처럼,

저마다 홀로.

고양이들과 나폴리사람들,
유황색 태양의 짐승들은
물보다 물고기를 갈망한다.
물처럼 생생하게
저들의 엄청난 지옥불 같은 욕구를 풀고 싶어서.

그러나 나는, 나는 그저 궁금할 뿐
잘 모른다.
나는 물고기들을 모른다.

태초에
예수는 물고기로 불렸다…
종말에도 그러리라.

뱀

Snake

한 뱀이 우리 낙수받이로 다가왔다.
어느 푹푹 찌는 날, 나도 더워서 파자마 차림으로
물을 마시려고 거기에 갔다.

커다랗고 거뭇한 구주콩나무의 깊고 특이한 향내가
풍기는 그늘로
나는 주전자를 들고 계단을 내려가다가
그만 우뚝, 우뚝 서서 기다려야 했다. 그가 나보다 먼
저 낙수받이에 도착해 있었기에.

그가 어둑하게 그늘진 토담의 한 틈에서 빠져 내려와
황갈색의 느즈러진 몸 매끄러운 배를 질질 끌며 내
려와서, 그 돌 물받이 가장자리를 넘어
돌바닥에 목을 얹고,
물받이 주둥이에서 물이 영롱하게 방울져 뚝뚝 떨어
지는 곳에서
곧은 입으로 홀짝거렸다
조용히 그의 곧은 잇몸을 통해, 느즈러진 긴 몸속으

로 들이켰다

　고요히.

　누군가가 우리 낙수 물받이에 나보다 먼저 와 있었고,

　나는, 두 번째로 온 자답게, 기다리고 있었다.

　그가 물을 마시다가 마치 소처럼 고개를 쳐들어,

　마치 물 마시는 소처럼, 멍하니 나를 쳐다보더니,

　입술에서 두 갈래의 혀를 날름거리며, 잠시 유심히

바라보다가

　다시 머리를 수그리고 조금 더 마셨다.

　대지의 불타는 내장에서 나온 흑갈색, 흙-금색의 생물,

　시칠리아의 칠월 한낮, 에트나가 연기를 내뿜고 있

었다.*

　내가 받은 교육의 목소리가 내게 말했다

　놈을 꼭 죽여야 한다,

　시칠리아에서는 검은 뱀, 검은 뱀들은 해롭지 않지

만, 금색의 뱀에는 독이 있으니까.

---

*　에트나산은 이탈리아 시칠리아섬에 있는 유럽 최대의 활화산으로,
　1970년대부터는 거의 10년에 한 번씩 분화하고 있다.

그리고 내 마음속의 소리들이 말했다. 네가 사내라면
막대기를 쥐고 당장에 저놈을 쳐서, 끝장내버려라.

그러나 솔직히 고백하건대 나는 그가 정말 좋았다

그가 조용히 손님처럼 다가와서, 우리 낙수 물받이에
서 물을 마시고

평화롭게, 갈증을 풀고서, 감사의 말도 없이,

이 대지의 불타는 내장으로 들어갔으니 얼마나 기뻤
으랴?

내가 감히 그를 못 죽인 것이 겁 때문이었나?

내가 그에게 말을 걸고 싶었던 것이 괴팍해서였나?

큰 광영을 느낀 것이 겸손 때문이었나?

나는 큰 광영을 느꼈다.

그렇지만 저 목소리들 :

네가 두렵지 않았다면, 너는 그놈을 죽였을 것이다!

물론 진심으로 나는 두려웠다. 나는 아주 두려웠다.

하지만 그래서, 더한층 큰 광영이었다.

그가 은밀한 대지의 어두운 문에서 나와

나의 환대를 받으려 하다니.

그는 넉넉하게 마시고는

술 취한 사람처럼, 꿈을 꾸듯, 머리를 쳐들고

갈래-진 밤 같은 혀를 칠흑 같은 허공에 날름대며

입술을 핥는 듯하다가,

신처럼, 건성으로, 둘러보고, 허공을 향하더니,

천천히 머리를 돌렸다.

그리고 천천히, 아주 천천히, 마치 삼중의 꿈을 꾸는 듯이,

느릿하고 기다란 몸을 끌며 굽이굽이 돌아서

우리 벽의 부서진 경사면을 타고 다시 올라갔다.

그리하여 그가 그 무시무시한 구멍으로 머리를 집어넣었을 때,

뱀답게 나긋나긋한 어깨를 서서히 끌어올려, 더 깊숙이 들어갔을 때,

그 무서운 검은 구멍으로 움츠러들지 못하도록, 유유히 그 암흑으로 들어가서

서서히 몸을 끌어당기지 못하도록 막아야 한다는 일종의 공포, 일종의 반항심이

나를 압도하였다, 그의 등이 막 돌아서는 순간에.

나는 주위를 둘러보았다. 나는 주전자를 내려놓고,

꼴사나운 통나무 하나를 집어 들어

낙수 물받이를 향해 내던졌다, 덜커덕.

그를 맞추지 못한 것 같았는데,

뒤에 남아 있던 몸 일부가 갑자기 파르르 떨더니 꼴

불견으로 허둥지둥,

번개처럼 꿈틀거리며, 그 검은 구멍,

벽-앞면에 난 흙-입술 틈바구니로 사라져버렸다.

그곳을, 맹렬하고 고요한 한낮에, 나는 넋을 놓고 응

시하였다.

곧바로 나는 그 짓을 후회했다.

정말 지질하고, 정말 야비하고, 정말 비열한 짓 같

았다!

나는 나 자신과 내 저주받은 인간교육의 목소리들을

경멸했다.

그리고 나는 앨버트로스*를 떠올리며,

---

* 사무엘 테일러 콜리지(1772-1834)의 대표작 『노수부의 노래』를 떠올
리는 대목이다. 노수부가 아무 이유 없이 '쇠뇌로 앨버트로스를 쏘아
죽이는 바람에 항해하는 배와 선원들에게 저주가 내린다'라는 식으로
이야기가 전개된다. 많은 시련을 겪은 노수부는 부지불식간에 '물뱀들'

나의 뱀, 그가 돌아오기를 바랐다.

나에게는 그가 다시 왕처럼 보였기에,
하계에서 왕좌를 빼앗기고, 유배 갔다가,
이제 복위를 앞둔 왕처럼.

그렇게, 나는 생명의 군주 중 한 명과 만날 기회를
놓치고 말았다.
그래서 나에게 속죄할 것이 남았다.
정말 쩨쩨한 짓거리였다.

의 아름다움을 찬미하고, 그 순간에 저주가 풀려서, 순조로운 항해 끝
에 고향으로 무사히 돌아온다는 내용이다.

아기 거북
Baby Tortoise

너는 홀로 태어나는 법을 알고 있다,
아기 거북!

발을 들썩거려서 조금씩 껍데기를 깨고 나오는 첫날에는
눈도 못 뜬 채,
땅바닥에 버려져서
혼수상태에 빠져있다.

한낱 작고 무른 콩 같은 반半-생물 신세.

마치 철문처럼, 좀처럼 열릴 것 같지 않은
작은 주둥이-입을 열어서,
위쪽 매-주둥이를 아래턱에서 들어 올리고
앙상한 작은 목을 뻗쳐서
흐릿한 풀 한 조각을 처음으로 물어 먹는
고독한 작은 벌레,
작고 빛나는 눈의
느릿한 생물.

쓸쓸히 첫 먹이를 물어 먹고
느릿하게, 고독한 사냥길을 나선다.
밝고 까만 작은 눈,
작은 아기 거북,
너의 까맣고 불안한 밤 같은 눈이
굼뜬 눈꺼풀 밑에서, 불굴의 의지로 빛난다.

네가 불평하는 소리는 아무도 듣지 못했다.

작은 잔주름 싸개에서 천천히, 머리를 내밀고
너의 쐐기-발가락을 서서히 앞으로 저으며
느릿느릿 끌다시피 나아갈 뿐이다.
어디로 떠나느냐, 작은 새야?

그보다는 꼭 사지를 바동대는 아기 같다.
다만 너는 느릿느릿, 영원히 전진하고
아기는 그러지 못할 뿐이다.

햇살의 감촉이 너를 자극해서,
오랜 세월에도, 지긋지긋한 한기에도
너는 멈춰서 하품을 한다.

둔감한 입, 부리 모양의 입을

느닷없이 늘어지게 쩍 벌리는 모습이 꼭 별안간 벌
어진 펜치 같다.

보들보들한 붉은 혀와 딱딱하고 얇은 잇몸을

드러내고, 쐐기꼴의 작은 산 같은 이마,

얼굴을 덮고 마는 아기 거북.

세상을 보고 놀랐느냐, 주름 싸개에 숨겨진 머리를
천천히 돌려서

의미심장한 검은 눈으로 보고 있으려니?

아니면 잠이 다시 너를 엄습하느냐,

이 비非-생물아?

너는 아주 간신히 깨어 있는 몸.

너도 놀랄 수 있느냐?

아니면 그냥 첫 생명의 불굴 의지와 혈기로

두리번거리다가

난공불락처럼 보였던 무력증에 맞서

서서히 몸을 던져보려는 것이냐?

거대한 무생물,

미세하게 반짝거리는 아주 작은 눈의
도전자.

그보다는, 작은 등딱지-새,
네가 맞서 싸워야 하는 세상은 정말 거대하고 방대
한 무생물,
정말 헤아릴 수 없는 무력증.

도전자.
꼬마 율리시스, 선구자,
나의 엄지손톱보다 작지만
멋진 여행이기를 바란다.

살아있는 온갖 천지 만물을 어깨에 짊어지고,
너의 전투-방패를 덮고서, 떠나라, 작은 거인아.

묵직하고 압도적인
비정한 우주,
홀로, 느릿느릿 나아가는 너는 선구자.

난한 햇살 속에서, 너의 여행길이 참으로 활기차 보
이는구나.

금욕주의자, 율리시스의 원자原子,

별안간 다급하게, 무모하게, 발가락을 곤추세우는

소리 없는 작은 새,

잔주름 싸개에서 머리를 반쯤 빼고

느릿한 위엄에 젖어 영원한 휴식에 들었구나.

외톨이라는 자각도 없이, 홀로,

그렇기에 여섯 배나 더 고독한 존재.

아주 오랜 세월에 걸쳐서 단단하게 몸에 박힌 느린

열정으로 볼록 부풀어

혼돈 한가운데 있는 너의 작고 둥그스름한 집.

정원 땅을 지나가는

작은 새,

만물의 테두리를 넘어가는

나그네,

꼬리를 한쪽으로 살짝 호아 올린 모습이

꼭 긴 옷자락 외투 차림의 신사 같구나.

일체중생을 어깨에 짊어지고 가는

천하무적 선구자.

거북 등딱지

Tortoise Shell

십자가, 십자가가
예상외로 깊이 파고든다.
생명 속으로 더욱 깊숙이,
곧장 골수로 변해서
뼈를 관통한다.

아기 거북의 잔등을 따라
딱지들이 다리 같은 아치형으로 고착되어,
비늘 딱지로 둘러싸인다, 마치 바닷가재의 마디
아니면 꿀벌의 마디처럼.

또 양 옆구리 아래 십자형으로 얽히고설킨
호랑이-줄무늬와 장수말벌-띠무늬.

다섯에, 또 다섯에, 또 다섯,
테두리를 감싸는 스물다섯 개의 작은 줄무늬,
아기 거북 등딱지의 마디들.

네 마디 다음에, 아치이맛돌 하나,

네 마디 다음에, 아치이맛돌 하나,

네 마디 다음에, 아치이맛돌 하나,

그렇게 스물네 마디 다음에, 작고 귀여운 아치이맛돌
하나.

피타고라스도 아기 거북의 살아있는 잔등에 난 돌출
부를 만지작거리다가

삶의 진리를 깨달았다,

최초로 영원한 수학 정제를 확증한 생명체,

유대의 주님처럼, 석판도 동판도 아닌, 생명이 자욱
하게 배어서, 생기로 불그레한 거북의 등짝에서.

그 최초의 자그마한 수학자,

아주 작은 진드기 같은, 신사가 헐렁한 바지 차림으로

수학 법칙이 오롯이 배어 있는 영원한 지붕을 지고
걸어간다.

다섯씩, 열씩

셋씩 넷씩 열둘씩,

십진법의 온갖 변수,

끊임없이 변하는 십여 변수와 정점을 이루는 칠七.

놈을 뒤집어보라.

발길질하는 작은 투구벌레,

이내 드러나는 놈의 연한 껍질, 흙에 닿는 배에,

길게 갈라지고 나뉘어, 수직으로 그려진 영원한 십자가

양쪽으로 다섯 개씩,

각기 위로 둘, 각기 아래로 둘

거뭇한 줄무늬가 수평으로 나 있는

십자가!

그것이 곧장 놈의 몸으로 들어간다, 고투하는 벌레,

놈의 열십자로 갈라진 정신 속으로,

놈의 다섯 배 복잡한 본성 속으로.

이제 놈을 다시 뒤집어서 발가락으로 서게 해보라.

핀처럼 뾰족한 네 발가락과 미심쩍은 엄지발가락 하나,

노질하는 네 다리와 균형을 잡는 쐐기꼴의 머리 하나,

넷에 하나를 더하면 다섯, 이것이 바로 모든 수학 문

제를 푸는 단서.

하나님이 그 모두를 아기 거북의 작은 석판에

새겨놓았다.

마음속의 계획을 바깥으로 뚜렷하게 드러낸 징표,

일개 피조물의 복잡하고 잡다하게 뒤얽힌 진상이

낱낱이 새겨져 있다

이 작은 새, 이 퇴화기관에

이 작은 지붕, 이 박공에

온갖 피조물 중,

이 느릿한 생물에.

거북의 가족관계

Tortoise Family Connections

놈은 계속 나아간다, 어린 녀석,
우주의 싹,
살아있는 박공.

필시, 어딘가로 떠나나 보다.
팔팔한 알아, 어디로 떠나느냐?

어미가 흙바닥에 놈을 낳았다, 한낱 똥에 지나지 않
은 자식인 양.
그래서 지금 놈도 허둥지둥 아주 작은 몸으로 어미
를 지나친다, 어미가 한낱 낡고 녹슨 깡통인 양.

한낱 단순한 장애물,
어미가 느릿느릿 쌓아 올린 흙더미를 돌아나간다 ─
거북들은 언제나 장애물을 미리 알아챈다.

다감한 목소리로 놈에게 이렇게 말해봐야 소용없다.
"내가 바로 너의 어미다, 네가 알이었을 적에 너를

낳은 어미라고."

놈에게는 대꾸하는 것도 귀찮다. "이 여자야, 내가 당신과 무슨 상관이야?"

놈은 싫증 난 듯이 못 본 척하고,

어미도 아주 진저리난 듯이 다른 쪽만 하염없이 응시한다.

서로에게 극도로 냉담하고,

무감하고,

무지하고,

무의미한 존재.

아비마저,

내가 건네주는 자기 자식을 덥석 물어버린다,

내가 콕콕 찌르는 작은 막대기를 덥석 물어뜯듯이.

오늘 아침은 화가 잔뜩 나 있어서, 사랑에 욱해서

부정 따위는 안중에도 없는 성난 거북이기 때문이다.

아비와 어미,

그리고 어린 형제 셋,

모두 목적 없이 돌아다닐 뿐이다, 정원에 흩어져 굴러다니는 작은 자갈들처럼.

작은 흙덩이인지 낡은 깡통인지 서로를 알아보지 못
한다.

물론, 아빠와 엄마도 오래 알고 지낸 사이일 뿐,
가족적인 분위기도, 그것이 시작될 기미조차 없다.

아비도 없고, 어미도 없고, 형제도 없고, 자매도 없는
어린 거북.

그러니 계속 저어나가라, 작은 자갈아,
가을 흙덩이, 바람-으스스한 햇살을 넘고 넘어라,
쌩쌩한 기쁨아.

놈이 동무를 찾나?

아니, 아니, 그런 생각은 접어라.
놈은 자기가 혼자라는 것도 모른다.
고독이 놈의 타고난 팔자다,
이 원자에게는.

저어나가서, 뾰족한 발가락으로 우뚝 섰다가,
다시 방랑하다가, 밤이 두려우면, 좀 헐거운 땅으로

파고들어,

작은 물체를 잡아 뜯어먹고,

나아가면서, 자신이 움직이고 있음을 꼭 확인하는

사생아!

거북의 숙명!

상상해 보라, 어느 생기 없는 흙 정원에

혼자뿐인, 팔팔한 얼룩무늬 어린 거북 한 마리 ─

크리서스!*

자갈과 벌레로 가득한 정원에서

돌아다니다가, 거북답게, 느릿한 심장박동,

어둑한 창조의 아침에, 뜨거운 피에서

들려온 최초의 종소리를 감지하고

계속 움직여도, 거북답게,

느릿느릿, 의심의 여지 없이,

터무니없이 그 자리. 아, 금욕주의자!

자기 존재의 느릿한 승리에 젖어 어슬렁거리며,

혼돈 속에 출현한 자신의 소리 없는 종소리를 울리고,

연한 풀잎을 물어뜯는다, 거만하게,

---

*   크리서스는 기원전 6세기의 리디아 최후 왕으로, 큰 부자로 유명하다.

단호하게 거만하게.

수컷과 암컷
Lui et Elle

암컷은 크고 뚱뚱하며

다소 더럽고,

약간 빈정대는 인상이다, 마치 가정생활이 그리 내몬
듯이.

해마다 한 번씩 정원에 마구잡이로 네 개의 알을 낳
고 남편을 받아들이는

일 말고는, 달리 무슨 짓을 하는지

나도 모른다.

암컷은 먹는 것을 좋아한다.

먹을 것이 들어오면, 기다라니 괴기스러운

다리들을 곧추세우고 성큼성큼, 서둘러 다가간다.

아무렴 그렇지, 마음이 동하면 서두를 수밖에 없지.

암컷이 내 손에서 연한 빵을 덥석 물어 입 안에 가득
처넣는다.

꽤 귀여운 쐐기꼴의 강철 같은, 원시의 얼굴을 활짝

펴서

갑작스럽게 흰 가위처럼

엄청나게 넓어진 부리 모양의 입속에 처넣고,

삼킬 수 있는 양 이상으로 꿀떡거리며, 두텁고 부드
러운 혀를 놀려대다가,

빵이 넘쳐서 턱 끝에 대롱대롱.

아 부인아, 부인아,

파충류 부인아,

당신의 눈은 아주 까맣고, 아주 밝은데,

바라보는 눈길은

전혀 따듯하지 않구려.

그녀도 안다,

먹을 것을 덮치러 올 만큼만 잘 알 뿐,

나를 거들떠보지도 않는다.

그녀의 밝은 눈도 보지만, 나도, 그 어떤 것도 아니다.

시력을 지닌 듯 만 듯, 보는 둥 마는 둥 하는

파충류 부인.

휘어져서 쩍 벌어진 이빨 없는 입으로 빵을 먹는

그녀가 강철같이 맞부딪치는 잇몸에 내 손가락이 닿

자 주저 없이 깨물어,

붙들고 늘어진다. 내가 소리치며 움츠러들어도 그녀
는 아랑곳하지 않는다.

그녀는 자신의 휘어진 주둥이로 나를 물고 있는지조
차 모른다.

뱀처럼 그녀가 내 손가락을 물어 당기는 동안, 나는
겁에 질려 손가락을 빼낸다.

부인, 파충류 부인,

당신은 정말 너무 커서, 정말 겁이 날 지경이요.

수컷은 훨씬 작다.

암컷보다 말쑥하지만

우스꽝스러우리만큼 작다.

암컷의 함축적인 눈에는 세속적이고 물질적인 기색
이 배어 있고,

불쌍한 남편, 수컷의 눈은 거의 불같다.

수컷의 주름 싸개, 뭉툭한 뱃머리 같은 얼굴,

나직한 이마, 바싹 여윈 목, 기다란 비늘무늬의 분투
하는 다리들,

그토록 분투하고, 분투하기에,

암컷보다 훨씬 더 가냘픈데,

수컷의 등딱지에는 참혹한 흉터까지 있다.

불쌍한 남편이 암컷의 발을 문다.

옆에서 내달리며 개처럼 암컷의 더럽고 흉한 발을
물고,

암컷의 발목을 깨무는데,

암컷은 냉담하게 질질 끌고 간다, 자신의 등딱지 속
으로 숨어버리지 않을 뿐이다.

영원히 침묵한 채,

냉혹한 파충류의 결단력으로,

대대손손 이어질 냉정하고 소리 없는, 뱀같이 길고
집요한

수평선 같은 끈기로

작고 늙은 거북이

암컷 곁에서 허둥대며, 몸을 수그려서, 기회를 포착
하고,

강철-올가미 얼굴을 분리하여 느닷없이 암컷의 더러
운 발목을 붙들어,

완강하게 물고 늘어지다가,

암컷이 뽑아내자 결국 놔주고

그 강철-올가미 얼굴을 닫고 만다.

수컷의 강철-올가미, 냉철한, 불로ㅈㅊ의, 단정한 얼굴.

아아, 이런 드잡이 와중에는 어쩌나 바보 같은지.

당사자도 그리 느끼리라!

외로운 산책자, 혼돈을 헤쳐 가는 냉철하고, 당당한 사냥꾼,

면역체, 활기,

고독에 휩싸여있는

선구자.

자 그를 들여다보자!

아아, 저 창이 그의 고독한 옆구리를 꿰뚫어버렸다.

청춘기에 그는 섹스에 목말라서 몹시 애를 태웠다.

운명의 장난으로, 욕망의 오랜 시련을 겪으며, 자기를 초월하는 극치에 이르려고 했다.

욕정을 갈라서 이분할 만큼,

완전한 면역체였던 그가, 이내 욕망의 파편으로 분해되고 말았으니,

운명적으로 다시 절정에 이르고 싶은 마음에
자기 몸을 애타는 바보로 만들 수밖에 없었다.

가련하게 작은 흙집에 사는 오시리스,*
저 불가사의한 황소가 청춘기의 그를 갈가리 찢어놓
았으니,
그로서는 창피를 무릅쓰고 부활 방도를 찾아서 분투
할 수밖에 없다.

그래서 느릿느릿 걸어가는 배우자의 저 진흙-누옥
꽁무니를 쫓아가는 꼬락서니 좀 보라,
흡사 암소의 꼬리에 붙어있는 불행한 황소 꼴이다,
다만 소보다 완강하게, 축축한 땅처럼 끈덕지게 쫓아
갈 따름이다.

사지를 뻗고 걸어가는 암컷의 꼴사나운 발목을 느닷
없이 붙들고,
잔디밭을 돌아다니거나,

---

*   오시리스는 이집트 신화에서 지하세계를 관장하는 신이자 풍요의 신
      으로 숭배된 최고의 신이다. 형의 권력을 시샘한 동생 세트(악의 신)에
      게 살해당한 오시리스는 몸이 갈가리 찢겨서 곳곳에 뿌려졌는데, 여동
      생이자 아내였던 이시스가 남근을 제외하고 버려진 몸을 주워 모아서
      땅에 묻어주었고, 남근이 그에게 새로운 생명을 줘서 지하계의 통치자
      이자 재판관으로 부활하였다.

어쩌다가, 나직이 드리운 지붕골 같은 암컷의 등딱지
　아래로 살짝 드러난 뾰족하고 묵직한 꼬리에 홀려있
는 모습.

　두 등딱지가 둥그스름한 배처럼 부딪혀,
　거대한 암컷, 작은 수컷,
　둘의 모양 없는 발들이 노처럼 저으며 나아가다가,
　서로 엉켜서 비틀비틀,
　사랑의 여울에 휘말린다 —
　두 거북,
　큰 암컷, 작은 수컷.

　암컷은 저속하게 냉담해 보이고,
　수컷에게는 파충류의 지독한 끈기가 배어 있다.

　한 여자가 암컷을, 어미 거북을 동정하는 소리를 들
었다.
　그렇지만 나는, 나는 남편이 가엽다.
　"그가 그녀를 성가시게 하고 괴롭히잖아요," 그 여자
가 말했다.
　오히려 그가 훨씬 더 고통스럽고 괴롭지, 나는 주장
한다.

그가 뭘 할 수 있나?

수컷은 벙어리, 수컷은 봉사에다가,

개념조차 없다.

그의 거뭇한, 슬픈 눈꺼풀이 덮인 눈은 봐도 안 본다.

암컷이 흙무더기처럼 움직일 때,

그저 암컷의 등딱지 아래 못처럼 박혀

흔들거리는 취약한 가죽 살갗 주름을 붙잡아서,

자기 주둥이로 끌어당길 뿐이다.

끌어당기고 당기며 물어뜯지만,

암컷은 몸을 빼내고, 흐릿한 흙더미를 끌며 노 젓듯
이 가버린다.

거북의 정사
Tortoise Gallantry

돌진하는 수컷은

암컷을 보지 않는다, 코를 쿵쿵대지도 않는다,

절대, 코 한 번 쿵쿵대지 않는 그의 코는 있으나 마

나다.

수컷은 오로지 볼품없는 속도로 엉금엉금

기어가는 암컷의 몸 밑에서 술렁거리는 살갗의

연약한 주름을 감지할 뿐이다,

암컷이 지고 나가는 흙 묻은 누옥 밑에서

술렁술렁 젓는 살갗의 주름만을.

그리하여 수컷은 암컷의 집 담 밑동을 꽉 죄고

주둥이로 암컷의 바지-가랑이,

아니 앙상한 다리를 와락 붙들어 물고는,

마치 개처럼,

스스럽게 완강하게 질질 끌려간다.

파충류의 무서운 끈기로, 영원히 침묵하는

냉혹하고 섬뜩한 정사, 그것이 수컷의 숙명이다.
영원히 고요한 고독으로부터 질질 끌려 나와
숙명적으로 편애, 편파적인 존재,
아픔과 존재의 결핍,
욕구,
자기 노출, 괴로운 굴욕을 겪을 운명을 타고났으니,
기어이 자기 몸을 암컷의 몸에 포갤 수밖에 없다.

홀로 걸어갈 운명을 타고난
선구자,
이제 막 느닷없이 이 미로 같은 곁길로 빠져들었다,
이 거북하고 비참한 추격,
심중에서 비롯된 이 냉혹한 숙명으로.

영원토록 느릿느릿 떠나가는
암컷은 알까?
아니 그냥 수컷이 암컷의 몸에 쾅 부딪히는 걸까, 어
둠 속에서 날아가다가 창문을 들이받는 새처럼,
아무것도 모른 채?

무시무시한 격동,
그보다도 훨씬 무서운 욕구, 끈질기게 쫓고, 쫓고, 계

속 쫓는 욕구에

이끌려, 수백억 년이나 원시의 선조-신처럼 혈혈단
신으로 살다가,
어떤 신비로운, 붉게 달아오른 철의 끄트머리에 닿아서,
자신의 길에서 이탈하여, 암컷의 행로로 접어들었으니,
암컷의 몸에 충돌할 수밖에 없다.

뻣뻣하고, 용감하고, 성마른, 굽은 다리의 파충류,
자그마한 신사,
슬픈 약혼,
우리는 마땅히 못 본 척해 줘야 한다.

그것 말고는, 지금껏 너희와 함께해온,
우리도 끝까지 계속할 수밖에 없다.

거북의 환성

Tortoise Shout

나는 수컷이 벙어리인 줄 알았다
그는 말이 없다고 말했다.
그런데 그가 울부짖는 소리를 들었다.

처음에는 희미한 비명,
생명의 불가해한 새벽 저편에서 들려오는
아득한, 아주 아득한 격노 같은, 수평선의 동트는 해
면 밑에서 들려오는
아득한, 까마득히 아득한 비명.

극한상황에 처한 거북.

왜 우리는 괴롭게 섹스에 말려들었을까?
왜 우리는 둥글둥글 살면서 홀로 마무르지 못했을까,
애초에 우리가 그랬듯이,
그도 확실히, 아주 완전히 홀로 시작했을까?

아득히, 들려오는 비명,

혹시 혈장에서 곧장 터져 나온 소리였을까?

갓난아기의 울음소리보다도 심한

외마디 비명,

외침,

환성,

환호성,

죽음의 고통,

탄생의 울부짖음,

복종,

첫 여명 아래 너무나 작고 작은, 까마득히 먼 파충류
소리.

파충류의 전투-함성, 승리, 예리한 환희, 죽음의 비명,

왜 막이 찢어졌을까?

영혼의 찢긴 얇은 막에서 새어 나온 비단결 같은 비
명이었을까?

수컷 영혼의 얇은 막이

음악 같은, 공포 같은, 외마디 비명에 찢어졌다.

십자형十字刑.

수컷 거북이, 저 아둔한 암컷의 누옥-담 배후에 길을

트고,

올라타서 팽팽하게, 사지를 벌린 채, 등딱지 밖으로
나온

거북-벌거숭이 안으로 내뻗어서,

기다란 목과 길고 연약한 사지를 밀치며, 날개를 편
독수리처럼 암컷의 지붕,

암컷의 담 밑에 구부러져 있는 깊고 은밀한, 뻥-뚫린
후부를 덮쳐서,

내뻗고 팽팽히 죄다가, 점점 고통에 달하여 극도의
팽창 끝에

느닷없이, 성교의 경련에 치달아, 절로 약동하듯 교
미를 끝내고서, 아!

길게 뻗친 목에서 앙다문 얼굴을 활짝 펼치며

저 가냘픈 외침, 저 비명을 질렀다,

청각을 초월하는 소리,

연분홍의, 갈라진 늙은이의 입에서

혼을 내어주는 소리,

아니면 오순절에 소리치며 성령을 맞이하는 소리를.

그의 비명과 삽시간의 침잠,

영원한 침묵의 순간,

아직 모두 방출하지 못했는지, 바로 이어진 급작스럽

고, 아주 특이한 성교 경련, 그와 동시에

터진 형언할 수 없이 희미한 외침 —

그렇게 계속되다 보니, 내 몸의 마지막 혈장까지 녹
아서

생명의 원시 흔적들, 그 비밀로 퇴화할 지경이었다.

그렇게 수컷은 교미하고, 소리친다.

거듭거듭 이어지는 저 가냘프게, 쥐어뜯는 비명

경련이 일 때마다 이어지는 조금 긴 휴식,

거북의 불멸 불사,

영속하는 파충류의 끈기,

심장-고동, 느릿한 심장-고동, 그다음의 경련을 대
비하는 내구력.

내가 소년이었을 때, 난데없이 치솟은 뱀의

아가리에 다리가 붙들린 개구리의 비명을 들었던 일
이 아직도 기억난다.

봄에 황소개구리들이 울음을 터뜨리는 소리를 처음
들었을 때도 기억난다.

야생거위 한 마리가 밤의 목구멍에서 빠져나와

호수 건너편에서 소리쳐 울던 것도 기억난다.

어둠 속의 덤불 밖으로 터져 나오는 나이팅게일의

사무치는 울음소리 꼴깍대는 소리가 내 영혼의 심연을 화들짝 놀라게 했던 첫 순간도 기억난다.

한밤에 숲을 지나가다가 들었던 토끼의 비명도 기억난다.

흥분해서 몇 시간이나 계속 코를 씩씩 불며 버티는 바람에 도무지 제지 불가였던 어린 암소도 기억난다.

섬뜩한, 발정한 고양이들의 울부짖는 소리를 듣고서 생전 처음으로 느낀 공포도 기억난다.

상처 입고 겁먹은 말의 비명도, 염병할 번개의 소리도,

출산 중인 여자의 소리, 후우후우 우는 올빼미 소리를 피해 달아났다가,

은밀하게 어린양의 울음소리를 듣고 있었던 것도,

한 젖먹이의 첫 울음소리와,

혼자 부르는 내 어머니의 노랫소리도,

오래전에 술독에 빠져서 죽고만 젊은 탄 갱부의 정열적인 목에서 울려 나오던 제1 테너 노랫소리도,

대단한 검은 입술에서 묻어나온 외국어의

첫 음소들도 기억난다.

그리고 이 모두보다도 커다란,

또 이 모두보다도 작은,

이 최후의,

낯설고, 희미한 성교의 외침

극한에 이른 수컷 거북이

아주 까마득한 생명 지평선 가장자리 밑에서 외친 작은 소리.

십자가,

우리의 침묵이 최초로 깨어지는 형거刑車,*

섹스, 그것이 우리의 본모습, 우리 각각의 신성, 우리의 깊은 침묵을 해체하여

우리의 몸에서 환성을 찢어낸다.

섹스, 그것이 우리를 부수고 목소리로 변질시켜, 심연 저편으로 소리쳐 부르게 한다. 보완해 줄 짝을 소리쳐 부르며,

노래하고, 부르며, 다시 노래한다, 응답을 갈망하며, 실현을 열망하면서.

찢기어, 다시 온전한 몸이 되고자, 잃어버린 한쪽을 찾아서 오랫동안 헤맨 끝에,

거북의 몸에서 터져 나오는 소리, 바로 예수, 오시리스의 절망에 찬 외침과 같은 소리,

---

*   사람을 잔인하게 찢어 죽이는 데 쓰인 도구의 의미.

산산이 찢겼다가, 비로소 온전해진 그 소리,

조각으로 존재하면서, 우주를 떠돌다가 다시 완전한
몸을 발견하는 그 소리.

백마

The White Horse

청년이 백마에게 다가가서, 고삐를 채우자

말이 조용히 바라본다.

그들은 아주 조용하다. 둘은 다른 세상에 있다.

고래는 울지 않는다!
Whales Weep Not!

바다가 차갑다고들 하지만, 바다는 만물 중에서
가장 뜨겁고, 가장 사납고, 가장 다급한 피를 품고 있다.

아주 드넓은 심해의 고래들, 계속 전진 또 전진하여
빙산 밑으로 잠수하는 고래들은 모두 뜨겁다.
참고래, 향유고래, 귀상어, 범고래들이
거기서 하나같이 바다 밖으로 뜨거운 야생의 하얀
숨을 내뿜는다, 내뿜는다!

그러면서 고래들은 흔들흔들, 흔들흔들 나아간다. 그
렇게
일곱 대양의 심연에서 관능적인 불로의 세월을 헤치고
짠물을 헤치고서 취한 기쁨에 휘청휘청 나아가다가
열대지방에 이르면, 그들은 사랑에 몸부림치며
마치 신들처럼 올차고 강력한 욕구로 나뒹군다.
드디어 바다의 푸른 심연 침상에서
생의 열정에 사로잡혀, 마치 산이 산을 밀어붙이듯,
거대한 수컷 고래가 신부의 몸에 올라탄다.

그리하여 몸속 붉은 태양 같은 고래 피의 나직한 울부짖음과 함께

그 기다란 끄트머리가, 소용돌이-끝머리처럼, 강력하게 맹렬하게 내뻗어서,

마침내 바짝 죄어 부드럽게 거칠게 끌어안는 암-고래의 깊이를 헤아릴 수 없는 몸에 안착한다.

그러면 불타는 대천사들이 수컷 고래의 다리처럼 강력한 음경 위에서,

고래들의 기적 같은 물건을 이어주며 바닷속을 계속왔다 갔다 한다.

수컷에게서 암컷에게로, 암컷에게서 수컷에게로,

계속 왔다 갔다 하는 행복한 대천사들은

바다의 파도 타고 떠다니며 물속의 위대한 고래 천국,

심해의 고래들을 시중드는 고명한 게루빔,* 노련한 천사들이다.

그래서 거대한 어미 고래들이 저마다 누워서 어린새끼 고래에게 젖을 먹이는 꿈을 꾼다,

시종일관한 바닷물 속에서 기묘한 고래 눈을 크게

---

*   게루빔은 지품천사로 불리며 지식을 관장하는 제2계급의 천사로, 미술에서 흔히 날개가 달린 귀여운 아이(천동)으로 묘사된다.

뜨고 꿈을 꾼다.

  위험이 닥치면, 수컷-고래들은 자신의 아내 고래와

  새끼 고래들을 끝없이 양양한 해면에 둥그렇게 모아

두고

  전열을 갖추어 거대하고 사나운 세라핌*처럼 위협에

맞선다.

  사랑으로 똘똘 뭉쳐서 떼지어 몰려든 괴물들을 에워

싼다.

  이 모든 일은 바다에서, 짠물에서 벌어진다.

  말씀은 없으나, 여기에 있는 신도 사랑이니,

  아프로디테는 바로 고래들의 아내

  아주 행복한, 행복한 아내다!

  물고기들을 가볍게 헤쳐나가는 비너스는 바로 암-돌

고래

  사랑에 빠져 바다와 장난치며 노는 쾌활하고 기쁜

---

*   세라핌은 치품천사 또는 치천사라고 불리며 세 쌍의 날개가 달린 모습
    으로 그려진다. 세라핌은 가톨릭의 천사 중에서 최고의 지위에 속하는
    천사들로, 보통 천사와 똑같이 인간의 모습이지만, 세 쌍의 여섯 날개
    가 달려있다. 두 날개로 얼굴을 가리고 두 날개로 다리를 가리고 나머
    지 두 날개로 하늘을 난다. 신에게 가장 가까운 존재이기 때문에 신에
    대한 사랑이 너무 커서 그 사랑으로 몸이 불타오른다고도 한다. 대천사
    는 세라핌부터 세어서 여덟 번째 위에 있는 천사를 말한다.

참돌고래

　수컷 다랑어들에 섞여서 행복하게 돌아다니는 바닷
속의

　짙은 무지갯빛 축복, 행복한 피로 충만해 있는 암다
랑어.

저녁에 암사슴 한 마리가

A Doe at Evening

내가 늪지대를 헤치고 나가자 암사슴 한 마리가 밀밭에서 불쑥 튀어나와 새끼 사슴을 남겨두고 산비탈을 타고 번개처럼 올라갔다.

하늘 경계선에 다다른 암사슴이 돌아서서 주시하였다. 암사슴이 예리하고 거뭇한 얼룩처럼 하늘을 찔렀다.

나는 암사슴을 바라보다가 그녀의 주시하는 시선을 느꼈다.

나는 낯선 존재로 변해 있었다.

그렇지만, 나에게도 그 사슴과 거기에 함께 있을 권리가 있었다.

암사슴의 날렵한 그림자가 하늘 경계선을 따라 종종걸음치다가, 곱게, 고르게-균형 잡힌 머리를 뒤로 젖혔다.

이내 나는 그 사슴을 알아보았다.

아 맞소, 수컷답게, 내 머리의 뿔이 단단히-균형 잡

혀, 갈라져 나오지 않았소?

나의 궁둥이가 가뿐해 보이지 않소?

그녀도 나랑 같은 바람을 타고 도망치지 않았겠소?

나의 두려움이 그녀의 두려움을 덮어주지 않겠소?

코끼리는 서서히 짝짓기한다

The Elephant is Slow to Mate

코끼리, 거대하고 노련한 짐승은 서서히 짝짓기한다.
수컷이 암컷을 발견하면, 둘은 절대 서두르지 않고 둘의

거대하고 수줍은 가슴에서 서서히, 서서히 교감이 일기를 기다리며,
하상 따라서 어슬렁어슬렁 물도 마시고 어린잎도 따 먹다가

느닷없이 무리와 함께 허겁지겁 덤불 숲으로 쇄도하여,
육중한 침묵 속에 잠들었다가, 함께 깨어난다, 말 한 마디 없이.

그렇게 서서히 커다랗고 뜨거운 코끼리 가슴들이 욕정으로 가득 차면,
그 거대한 짐승들은 마침내 은밀하게 짝짓기한다, 각자의 불을 숨긴 채.

코끼리들은 아주 노련하고 슬기로운 짐승들이기에, 결국

가장 고독한 축제를 기다렸다가 포식하는 법을 아는 것이다.

코끼리들은 와락 붙들지 않고, 잡아채지도 않는다. 둘의 육중한 피는

달에 밀물지듯, 조금씩, 조금씩 가까워져서, 마침내 만조에 이른다.

캥거루

Kangaroo

북반구에서는

생명이 공기에 펄쩍 달려들거나, 바람결에 스쳐 가는 듯하다

바위 땅의 수사슴처럼, 앞발을 차는 말처럼, 깡충거리는 짧은 꼬리의 토끼들처럼.

아니면 수평으로 돌진해서 하늘 영토를 공격하는 듯하다

황소처럼 들소처럼 멧돼지처럼.

혹은 물처럼 끝을 향해 미끄러지듯 흘러가는 듯하다

여우처럼, 담비처럼, 늑대처럼, 프레리도그처럼.

오로지 생쥐와 두더지와 쥐와 오소리와 비버들, 아마도 곰들만

대지의 중앙-배꼽에 배를 늘어뜨리고 있는 듯하다.

아니면 개구리처럼 펄쩍 뛰어와서, 대지의 중심으로 펄쩍 뛰어들거나.

그러나 정반대의 노란 캥거루, 똑바로 앉아있을 때면,

누가 일으킬 수 있을까, 마치 묵직한 물방울처럼 땅
에 딱 붙어있는데.

하강하는 물방울.

가라앉으려는 충동.

냉혈의 개구리보다 훨씬 더 농후한데.

예민한 어미 캥거루

토끼처럼 똑바로 앉아있지만, 거대한 추처럼 육중하
게 앉아,

곱고 가냘픈 얼굴을 쳐들어, 아! 집토끼보다, 산토끼
보다도 훨씬 점잖고 아름답게 주름진

얼굴을 쳐들어서, 좋아하는 동글동글 하얀 박하 방울
을 조금씩 뜯어먹는, 민감한 어미 캥거루.

그녀의 민감하고 기다란 순종의 얼굴.

완전한 대척점을 이루는 두 눈, 아주 까맣고

아주 커다랗고 고요하고 아득한 두 눈, 적막한 호주
에서 숱하게 많은 새벽을 지켜보았으리라.

그녀의 작고 낙낙한 손과 축 처진 빅토리아 왕조 풍
의 어깨.

허리 밑으로 이어지는 대단한 살집, 희끗희끗한 거대
한 배에

가느다랗고 노란 새끼발 하나가 삐죽 나와 있고, 리
본처럼 버둥거리는 길고 가느다란 귀 하나,

마치 어미 배 중앙의 별스러운 장식인 양, 가늘게 앙
증맞게 달랑거리는 미숙한 발 하나와 가느다란 귀 하나.

그녀의 배, 풍만한 궁둥이

게다가, 엄청난 근육질의 비단뱀처럼 뻗쳐 있는 꼬리.

거기서는, 더 이상 박하 방울을 따먹지 못하리라.

그래서 아쉬운 듯, 민감하게 허공을 킁킁거리다가,
몸을 돌려, 자리를 뜬다, 슬픈 듯이 느릿하게 껑충껑충

기다랗고 납작한 스키 같은 다리로,

저 강철처럼 강력한 꼬리를 방향타 삼아 추진기 삼
아서.

다시 멈추어, 반쯤 몸을 돌리고, 궁금한 듯이 돌아본다.

배 안에서 뭔가가 부산하게 꿈틀대더니, 깡마른 새끼

얼굴 하나가 삐져나와, 마치 창문에서

　뾰족 엿보고 살짝 당황한 듯이,

　다시 잽싸게 세상의 시선에서 사라져 따듯한 어미의 품으로 바짝 파고든다,

　삐죽 내밀었던 다른 발의 흔적만 남겨놓고서.

　아직도 어미는 변함없이 쫑긋 아쉬운 듯이 바라다본다!

　정말 휘둥그런 두 눈, 마치 어느 호주 흑인 소년의 동글동글, 반짝반짝, 헤아릴 수 없는 눈 같다,

　수백 년 전에 존재의 변경에서 길을 잃고 헤맨 소년의 눈!

　어미는 채울 수 없는 아쉬움으로 바라다본다.

　무수한 세기 동안 무언가가 도래하기를, 새로운 삶의

　징후가 나타나기를 기다렸으리라, 고요히 잊힌 그 남국 땅에서.

　곤충과 뱀과 태양, 작은 생물 말고는 아무것도 물어뜯지 않는 곳.

　노호하는 황소도, 음매 우는 암소도, 울부짖는 수사슴도, 비명 치는 표범도, 헛기침하는 사자도, 짖는 개도 없이,

이따금, 귀신 들린 푸릇한 수풀에서 들려오는 앵무새 소리 말고는, 만상이 고요했던 그곳에서.

촉촉하게 젖은 멋진 눈으로, 아쉬운 듯이 바라다보고 있다.

그 암컷의 온몸, 온 피는 포도주처럼 뚝뚝 지구의 중심을 향해 추락하고,

팔팔한 새끼는 어미 배의 문간에 걸린 발을 집어넣는다.

드디어 껑충껑충, 지구의 깊고 묵직한 중심까지 그어진 선을 따라 내려간다.

퓨마
Mountain Lion

1월의 눈밭을 헤치고 올라가서 로보 협곡에 들어서니,
가문비나무들이 거뭇하게 자라고, 발삼나무는 푸릇
하고, 얼지 않은 물소리도 아직 들려오고, 오솔길도 여
전히 또렷하다.

사람들!
두 사람!
사람들! 세상에서 두려운 유일한 동물!

그들이 머뭇거린다.
우리도 머뭇거린다.
그들에게는 총이 있다.
우리에겐 총이 없다.

그렇다면 우리 모두 나가서, 맞이할 수밖에 없다.

두 멕시코인, 낯선 사내들이 로보 협곡 안쪽의 어두
운 눈밭에서 나타난다.

흐릿하게 사라지고 있는 이 오솔길에서 뭘 하고 있
을까?

한 남자가 뭔가를 들어 나르고 있나?
노란 물체인데.
사슴인가?

그게 뭔가, 친구?
퓨마네 —

사내가 바보처럼 미소한다, 마치 나쁜 짓을 하다가
들킨 듯이.
우리도 바보처럼 미소한다, 마치 모르는 척하는 듯이.
사내는 아주 살짝 검은 얼굴이다.

그 물체는 퓨마,
기다랗고, 기다랗고 홀쭉한 고양이, 암사자처럼 노랗다.
죽었다.

사내가 바보처럼 미소하며, 오늘 아침 덫으로 잡았다
고 그런다.

녀석의 얼굴을 쳐들어 보라,

둥그스름한 밝은 얼굴, 서리처럼 밝은 얼굴.

죽은 두 귀가 달린 둥글둥글 멋지게 생긴 머리,

반짝이는 서리 같은 얼굴에 밴 줄무늬, 날카롭고 섬세한 검은 광선들,

반짝이는 서리 같은 얼굴에 밴 검고 예리하고 섬세한 광선들.

아름다운 죽은 두 눈.

아름답군!

그들은 탁 트인 노지로 나가고,

우리는 로보의 어둠으로 들어간다.

그리고 나무숲 위쪽에서 나는 녀석의 굴을 발견했다.

핏빛-주황색의 찬란한 바위틈에 불쑥 튀어나온 구멍, 조그마한 굴.

그리고 뼈들과 잔 나뭇가지들과 위험천만한 오르막.

결국, 노란 번개처럼 훌쩍 길게 도약하는 퓨마로 다시는 그 길을 뛰어오르지 못하리라!

녀석의 밝은 줄무늬 서리 같은 얼굴도 핏빛-주황색

바위 속 동굴의 그림자 밖으로,

로보의 어둑한 협곡 입구의 나무들 너머로 다시는 지켜보지 못하리라!

대신, 내가 내다본다.

마치 꿈처럼 믿기지 않게 어렴풋한 황무지 멀리,

생그레 데 크리스토 산맥에 덮인 눈,* 피코리스 산맥의 빙하,

그리고 그 반대편 눈 절벽 건너편의 녹색 나무들이 마치 성탄절 장난감처럼 눈밭에 꼼짝없이 서 있는 모습.

그래도 이 텅 빈 세상에 나와서, 한 퓨마를 위한 공간이 있었나 보다.

세상 저편에서는 정말 편안하게 우리끼리 지내련만, 일백만 아니 이백만의 사람들을

그리워하지 않고 지내련만.

그러나 그 호리호리하고 노란 퓨마의 그리운 하얀 서리 얼굴, 세상에 나 있는 큰 틈바구니!

---

* 생그레 데 크리스토는 미국 콜로라도주 남부에서 뉴멕시코주 북부까지 뻗은 산맥으로, 로키산맥의 일부. 피코리스 산맥은 생그레 데 크리스토 산맥의 일부.

자기연민

Self-Pity

나는 자기연민에 빠진 야생의 생물을

본 적이 없다.

한낱 작은 새도 나뭇가지에서 떨어져 얼어 죽을지언정

자기연민 따위는 절대 느끼지 않는다.

성 누가

St Luke★

하나의 거대한 성벽, 요새,

가벼운 곱슬머리의 활기 넘치는 이마와

황소의 커다랗고 거무스름하게 번득이는 눈에

반짝반짝 들러붙은 코

동굴 같은 콧구멍에서 뜨거운 콧김을 내뿜어

도전에 콧방귀를 뀌거나

암소들의 꽁무니를 탐욕스럽게 킁킁거린다.

뿔들

강력한 금빛 뿔들,

죽이는 힘, 창조하는 힘

모세와 신이 가지고 있었던

그런 머리-힘.

거대한 날개들이 그의 견갑골에서 아시리아처럼

★   성 누가는 『신약성서』의 3번째 책 「누가복음」의 저자. 그는 이방인이
     자 의사로서, 예수의 생애를 연대기적으로 서술하면서 '예수께서는 이
     방인과 유대인 구별 없이 모든 사람의 구세주다'라는 복음을 전하고 있
     다.

활활 타오를까?

응당 그러하리라.

그의 가슴 천둥

그의 굳턱 흉곽에 깃든 올찬 천둥이

깊이 울려 퍼지며,

응당 불꽃 같은 거대한 날개들이 양 견갑골의 용광
로-틈바구니에서 펼쳐지리라.

쿵! 쿵! 쿵!

그의 가슴 그 강력한 혈관 속에서 검은 황소의 피가
노호하는 소리.

아아, 굳턱이 난폭하게 흔들흔들 요동친다.

하늘을 지고서 커다랗게 노호하는 중압감에

용광로처럼 방울방울 녹아내리는

황소 가슴의

쫴치는 충동, 육중하고 뜨거운 아픔.

그의 양 콧구멍은 열린 용광로-문.

무엇 때문에 그는 아파하며 신음하나?

그의 가슴속 성벽城壁 때문인가?

아니다. 한때 그것은 또한 요새 벽, 육중하고 거대한
포열이었다.
그러나 이제는 한낱 불타는 노爐의 바닥 돌,
자기 몸을 태워서 바친 육중한 옛 제단일 뿐이다.

그것은 언제나 불탄 제물의 제단이었다.
그가 자신의 몸을 내줄 때면
그의 검은 피가 불바다처럼 쏟아져서 뒤따르는 무리
를 비옥하게 덮어주었다.

그러나 그것은 또한 세상을 곁끄럽게 노려보며
전투태세를 갖추라고 포고하는 불타는 요새였다.

한때는 어린양이 저 붉게 물든 깃발로 그에게 마법
을 걸었건만*
그의 요새는 이제 분해되고 말았다
분노의 불꽃들도 둑처럼 무너지고 말았다
그의 뿔도 적을 피해 돌려버리고 만다.

---
* 　어린양은 예수 그리스도, 바로 아래 연의 "사람의 아들"을 가리킨다.

그는 여전히 사람의 아들을 섬긴다.

그러니 숱한 세월이 지난 지금도 사람의 아들을 섬기는 황소, 그의 울음소리를 들어보라.

신음하며, 음머음머, 허허롭게 울부짖으며

부득이 자신의 불을 모조리 방출하여 출산의 좁은 수문, 아주 좁은

너무 비좁은 요부로 가라앉히는 소리를.

성 누가, 황소, 실체의 아버지, 섭리의 황소, 2000년이 지난 지금도

그는 여전히 육중한 검은 피의 저 우라질 중압감에 과도하게 시달리지 않는가?

그는 너무 가득 찬 제물, 너무 방대하고 방대한 제물 아닌가?

숙명적으로 그렇게 작은 구멍에 쏟아내야만 하나니!

너무도 작은 구멍에.

그러니, 그에게 그의 뿔을 기억하게 하라.

그의 이마를 밀봉해서 다시 한번 요새화하라.

아무것도 모르게 하라.

붉은 십자가 깃발을 걸고 강력한 노포처럼 공격하게
하라, 그에게 노호하며 세상에 덤벼들게 하라

세상에 몸을 던져, 그의 피에 배어 있는 광기를 떨쳐
버리게 하라.

전쟁을 선포하게 하라.

드디어 전쟁이다.

프롤레타리아 황소가 이미 머리를 수그리기 시작했다.

무지개
The Rainbow

무지개에도 보슬보슬 내리는 빗방울로
이루어진 몸이 있어서
마치 반짝이는 원자들이 드높이 쌓이고
쌓인 건축물 같다
그러나 그 위에 아무도 손을 얹을 수 없다
물론, 마음까지도.

사람과 기계

사람이 기계를 발명했고
이제 기계가 사람을 발명하고 있다.

선생님
The Schoolmaster

1. 눈 오는 날 학교에서 ^{A Snowy Day in School}

아주 느릿한 수업 시간이, 이따금 웅성거리는 소리에도,
떠들썩한 침묵의 무한공간을 내내 짓눌러서 내 마음
마저
감싸버렸다, 마치 눈이 더러운 길을 따라 지나가는
소리들을 감싸버리듯이. 우리는 또닥또닥 쉼 없이 수
업을 이어갔다 —

다만 소년들의 얼굴이, 음울한 황색 빛으로
밀집한 별 무리처럼 나를 향해 빛나고 있을 뿐이었다.
마치 한밤에 희미하게 흔들리는 만개한 꽃 무리처럼,
마치 달빛 깃든 썰물 해변에 떠 있는 거품처럼.

하나같이 거뭇하고 낯설어서, 불안한 별빛들.
하나같이 개화한 꽃 속에 숨어서 들썩이는 거뭇한
방울들.
속닥속닥 소란한 거품 속에서 어둑한 신비와 도전을

품고 부풀어 오른 쌍 기포.

— 어찌 내가 그리 많은 눈망울의 도전에 응하랴!

수북한 눈이 지붕에서 와지끈 허물어져서, 무섭게

곤두박질친다. 저 백 개의 눈망울을 되불러야 하나?

— 누군가의 목소리가

웅성거림에서 깨어, 한 명사名詞에 대해 우물거린다

—

나의 질문! 신이시여, 나는 이 떠들썩한 침묵을 깨야

하는 사람

와삭와삭 별들 저편에서 나에게 다가오는 침묵인데

— 그렇게,

백 개의 눈망울을 화들짝 놀라게 해서, 한 대답을

되돌아보게 하나니. 나도 더는 견딜 수가 없다.

흐릿한 하늘이 흔들흔들 어둠의 조각들을

떨어뜨리듯 눈은 내리고 불그스름한 학교

건물 사이로 검은 까마귀 한 마리가 획 날아간다.

우악스러운 눈 뭉치가 운동장에 거대하게 고요히 서

있고

고운 눈송이들이 그 위에 내려앉는다 — 그 너머, 마
을이

하늘에서 스며 나는 그 거뭇한 침묵 속에서 길을 잃
는다.

만상이 침묵에 사로잡혀, 하늘의 아득한 공간

그 떠들썩한 침묵에 감싸인 채 진지하게 생각에 잠길

순간이거늘 — 아 나에게 이 수업은 괴로운 십자가.

2. 최고의 학교 The Best of School

햇살 때문에 블라인드를 치자,
소년들과 교실이 어느새 퇴색한 어둠에 잠긴
수중의 찌 신세. 블라인드가 바람에 날려
햇살이 들어올 때면 밝은 잔물결들이
벽을 가로질러 내달리고, 나는
수업이라는 해변에 홀로 앉아 있는 양,
여름 교복 차림으로 둥근 머리를 부지런히 까닥이며
글 쓰는 소년들을 구경한다.
한 놈 또 한 놈이 몸을 일으켜
얼굴을 들고 나를 쳐다본다.
내 눈이 놈들의 눈을 아주 조용히 맞이하자,
씩 웃으며 각자의 과제로 눈을 돌린다.

씩 웃으며 눈을 돌린다. 내게서 눈을 돌려
다소나마 기쁘고 황홀한 과제에 빠져든다.
필시 즐겁게 빠져들고픈 황홀경이리라.
햇살이 물결치는 싱그러운 아침에는
이 어린 소년들, 내 노예들의
선생 노릇을 하는 것도 아주 흐뭇하다.
노예라고 해봤자 고작 집 짓는 처마를

254

못 떠나는 제비들, 아니면 타작한 보릿단을
뿌려놓는 사람에게 빌붙어 사는 생쥐 꼴이겠지만.

　　　　　아무튼, 기분이 좋다
소년들의 시선이 나에게 머물렀다가,
후다닥, 밝게 푸덕거리며, 마치 모이를 훔쳐 먹다가
뒤돌아
도망치는 새들처럼, 다시 과제에 빠져드는 기운이 느
껴지면.

나를 만지고 또 만지는 기분이 든다
기꺼이 맛보고 싶은 딱딱한 알갱이라도 찾는 양
그들의 눈길이 나를 힐끗힐끗 쳐다볼 때면.

　　　　　학급 아이들은 모두,
마치 덩굴손처럼 갈망하듯 손을 내뻗어
서서히 돌고 돌아 나무에 닿으면
이내 찰싹 들러붙어, 나무를 끼고서 목숨 걸고
솟구쳐 오른다 ― 내 아이들도 그런다.

그렇게 이놈들도 길을 터서 나에게 들러붙는다.
내가 위로 이끈 만큼, 놈들도 나를 칭칭 감아

바로 세우고, 다채로운 생명의 고운 잎으로
아낌없이 내 인생을 애무하고 감싸주기에,
내 인생의 가장 낮은 줄기,
내 인생의 낡고 딱딱한 줄기마저
아주 진기한 하늘을 향해 나의 생명 정수를
드높이 밀어 올려, 세찬 바람이 부는
와중에도 드높은 허공에 새싹을 틔워낸다.
놈들이 하나같이 다 자란 나의 삶을 강렬하게
전율하는 젊음의 활기로 휘감아주기에,
끌어안고 싶은 애착이, 어버이처럼,
내 가슴까지 차오른다. 나는 그게 참 좋다.

그래서 험한 세상 뒤엉킨 세상에서도 나는 머리를
곧추세운다. 내 인생을 살아내는
고통이 곱절이라도, 나에게는 여전히 위로하며 떠받
치는 기운이 있기에,
나의 기부에 숱한 생명이 꽉꽉 들어차 있음을 알기
에, 그 생명체들이 내 몸에
송이송이 열려서 위로 커가며, 저마다 나의 삶을 좇
아 부상해서
순전한 야생의 공기 같은 삶에 또 폭풍 같은 상상력
에 이르려고 분투하리라는 것을 알기에.

내가 그 소년들을 거의 보지 못하고, 세상에 있는 줄
도 모른다면, 괴롭겠지만

그래도 나는 홀로라도 진취적으로 계속 나의 삶을
열심히 살아가리라.

그들이 매달려도, 대부분 잊혀서, 벗은커녕 거의 모
르다시피

되더라도 — 여전히 나의 몸에 빽빽이 매달리는 그
들의 친밀감 때문에라도.

또 서서히 손가락으로 만지며 나의 줄기를 타고 올
라 미세하게나마

그간 내가 지나왔고 지금 안내하는 길을 따르리니,
모두가 나에게는 귀한 존재다.

이들이 나를 안심시켜서, 내 영혼이 외로운 나머지
숱하게 뻗은 뿌리들을 불신한 채 세상에 오로지
나 홀로 사는 기분이 들 때도, 한결같이
나에게 위안을 주어 흐릿하게나마 기어오르는
온기, 나의 분투를 북돋우는 그들의 안간힘을 느끼리라.
내 가슴이 외로움에 싸늘해져도,
내 삶을 타고 기어올라 구물거리는 온갖
길 잃은 생명체들의 연한 감촉이 위로해주리라.

3. 학교에서 오후에^{Afternoon in School}

마지막 수업

언제 종이 울려서, 이 지루한 시간이 끝날까?

얼마나 오랫동안 이들은 고삐를 당겨서, 나의 사나운

사냥개무리를 떼어놓으려고 안간힘을 썼던가? 나는 이제

사냥을 꺼리는 놈들을 데리고 다시 지식의 사냥터에

나갈 수 없다

더는 놈들을 잡아끌 수 없고 쫴칠 수도 없다.

더는 책상 위에 펼쳐져 있는 책들의

예봉을 버티며 견뎌낼 재간도 없다. 놈들이 나에게 제출한

휘갈긴 글씨의 초라한 작품과 오류투성이의

과제물에 산재해있는 족히 예순의 온갖 모욕.

이제는 역겹다. 나뭇더미를 붙들고 피곤하게

일만 하는 여느 노예보다도 지쳤다.

                              그런 나에게 마지막으로

귀한 땔감을 골라서 그것을 나의 영혼에 쌓고

나의 의지를 불처럼 일깨워서 놈들의

무관심 부스러기를 다 태우고, 별로 놈들의
모욕 두루마리마저 태워버리라고? ― 천만에!
놈들을 위해 내 몸의 잔불까지 허비하지는 않겠다,
내 생명의 불길도 놈들에게는 뜨겁지 않을 테니.
권태의 잿더미는 나를 위해 남겨놓으리라, 잠이
그 잔불을 긁어모아 밝게 살려낼 때까지. 내 힘의
일부라도 나를 위해 지키리라, 놈들을 위해

다 써버리면, 필시 놈들을 증오하게 될 테니 ― 그냥
앉아서 종 치기만 기다리리라.

한 대학 창가에서

From a College Window

햇살이 무거워서, 잠든 석회 벽돌의 흐릿한 빛이
　흔들흔들 나를 지나 대학 담장을 올라간다.
저 아래, 잔디밭이, 연푸른 그늘에 잠기어
　고요한 데이지-거품을 살포시 붙들고 있다.

거리 위에 걸려있는 나뭇잎들 너머,
　여름처럼 하얗게 씻긴 판석 보도를 따라
세상이 지나간다, 발길에 붙은 그림자를 데리고
　왼쪽 오른쪽으로 나아간다.

저 멀리서, 거지의 기침 소리가 들려와서, 보니
　동전 한 닢 적선하는 여인의 반짝이는 손가락.
나는 구원받은, 부자인 양 믿고서, 절대로
　끼고 싶지 않은 세상 저편에 앉아 있다.

가을의 비애

Dolor of Autumn

가을의 매캐한 냄새들에 문득
슬며시 움직이는 짐승들이 떠올라, 가을의
만상이 두려워진다, 눈물-글썽이는 별들도,
귓가에 맴도는 밤의 코 고는 소리도.

갑자기, 확 달아올랐다가 추락해버린
나의 일생이 부랴부랴
떨어져 나가, 수풀에
벌거숭이로 노출되고 말았기에.

나는 지구라는 수풀에
갓 나온 산딸기처럼 드러난 몸을
움츠린다. 하지만 나는 또한
간들간들 사방에 향기를 풍기며

배회하는 몸. 나는 이 벌거숭이
딸기 몸으로 수풀에 당혹스럽게 서서,
은밀하게, 얼룩진 향기를 풍기며

가을의 그윽하면서도

매캐한 밤을 두루 배회하는 몸.
나의 영혼도 고약하고 위험천만한
오합지졸 향기를 퍼뜨리며
돌아다니는 신세.

밤이 크게 한 번 숨을 들이켜
내 혼을 몸 밖으로 데려가 버렸기에,
나로서는 이미 죽어버린 사람처럼
산만한 의식으로 비틀거릴 수밖에 없다.

그러면서 이 지구라는 수풀에
갓 나온 벌거숭이 산딸기 몸으로
노출된 채 서서,
별들이나 살펴볼 수밖에 없다.

교회에서
In Church

성가대에서 소년들이 찬송가를 부르고 있다.
  그들의 입술에 내려앉은 아침햇살이
은-이슬처럼 반짝반짝, 정연하게 율동한다.

갑자기 높은 창문 밖으로, 까마귀 한 마리가
  허공에서 떠돌다가,
한 시든 참나무, 비애의 꼭대기에 내려앉는다.

시든 나무의 꼭대기에 옴츠린 채 미동도 하지 않는
  새 한 마리, 얼룩 한 점! ─ 수정 같은
하늘 성배로 떨어지는 새까만 방울 하나.

아련하게 부푼 어둠의 방울처럼 안식일의
  연한 포도주에 섞이어
흔들흔들, 우리의 거룩한 날을 함빡 적시는 듯하다.

창가에서
At the Window

소나무들이 수그려 귀를 기울인다, 속삭이는 가을바
람 소리,

발작적인 웃음소리로 거뭇한 포플러들을 뒤흔드는
기이한 소리에,

그새 시나브로 낮의 집이 동녘의 셔터들을 닫고 있다.

깊은 계곡 아래 무리를 이룬 묘석들이 움츠러든다.

잿빛 안개 수의가 그 흐릿한 묘석들을 감싸는데, 어
느새

거리의 등불들이 어둠 속에서 갑자기 피를 흘리기
시작했다.

잎들이 나직이 창으로 날아와, 어둠에서 벗어나 창유
리 뒤에

몸을 기댄 채 어둠-가득한 두 눈을 집중하고 하염없이
진지하게 주시하는 얼굴에, 한 마디씩 속삭이고 간다.

음울한 슬픔

Brooding Grief

노란 이파리 하나가 어둠에서
개구리처럼 폴짝 뛰어나와 내 앞에 멈춘다 ─
─ 왜 내가 깜짝 놀라 가만히 있어야 하지?

나를 낳아준 여인이 병실의 얼룩진
어둠 속에서 죽을 작정으로
굳건하게 늘어져 있는 모습을
지켜보고 있었다 ─
그런데 그 활달한 이파리가 나를 할퀴고
저 눈앞의 비에 젖은
나뭇잎 등불 차량이 뒤섞인 구정물로 내빼버렸다.

피아노
Piano

부드럽게, 어둑한 데서, 한 여인이 나에게 노래하며
　다시 나를 세월의 뒤안길로 데려가, 어느새 한 아이가
　눈에 들어온다, 현들이 붕붕 요란하게 울리는 피아노
아래 앉아,
　노래하며 미소하는 엄마의 오므린 작은 발을 꾹꾹
누르는 모습이.

　나도 모르게, 마음을 파고드는 노래의 마력에
　무심코 옛 추억이 떠올라서 내 가슴이 절로 눈물짓
는다
　한겨울, 집 안의 아늑한 거실에서 맑은 피아노 소리에
　맞추어 찬송가를 부르곤 했던 예전의 주일 저녁이
그리워.

　그러니 지금 가수가 커다랗고 까만 피아노를 열정적
으로
　두드리며 아무리 아우성쳐 봐야 헛일이다. 어린 시절의
　마력이 나를 사로잡아, 나의 성년이 속절없이 기억의

물결에 빠져 떠내려가고, 나는 그 옛날이 그리워 아
이처럼 우나니.

작은 읍내의 저녁 풍경

The Little Town at Evening

타종 소리, 교회 시계가 여덟 시를 장엄하게
　알리며 건초더미에 바벨탑처럼 쌓여서 여전히 놀고
있는 아이들을 나무란다.
　교회가 시나브로 우리에게 다가와, 너그럽고 넉넉한
잿빛 그림자로 우리를 휘덮는다.

졸린 아이들처럼 집들도 그 양털 같은
그림자를 덮고 잠드니, 그 사이사이로 커다랗고
거뭇한 교회가 돌아다니며, 간절히 잠을 지켜주고파,
보이지 않는 포근한 이불로 집들을 덮어준다.

잠든 이들이 속닥거리는 소리 하나 없이,
교회가 나도 휘덮어주어 내 집에서 편안하게
잠들면 좋으련만. 내가 가장 사랑하는 이들과 함께
잠들고 싶은 나는 왜 이리도 유별나게 배제하나?

셰익스피어를 읽을 때면

When I Read Shakespeare

셰익스피어를 읽을 때면 절로 경탄이 터져 나온다.
어쩌면 그리 평범한 사람들이 그리 아름다운 언어로
묵상하고 또 천둥 치는지.

리어, 그 쓸모없는 늙은이를, 그의 딸들은
왜 더 모질게 대하지 않았을까,
그 늙은 까마귀, 늙은 촌뜨기를!

또 햄릿, 정말 지루한, 참기 힘들 만큼 따분한데다,
아주 비열하고 자의식도 강한 작자가 훅훅 콩콩거리며
질러대는 굉장한 대사들, 타인들의 오입질만 한가득!

맥베스와 그의 부인, 집안의 잡일이나 하고 살 것이지,
정말 따분한 야심에, 비수로 늙은 던컨을 찔러서
번잡스럽게 하는 꼴이란!

정말 따분하고, 정말 하찮은 셰익스피어의 인물들!

그러나 가스타르*에서 나오는 염료처럼 아주 아름다
운 언어!

오페라가 끝나고
After the Opera

돌계단을 내려오는
소녀들이 비극에 휘둥그레진 커다란 눈을
들어서 큰 충격에 몹시 감격한 눈길로 나를 쳐다본다.
그래서 나도 미소한다.

숙녀들이
반짝반짝 뾰족한 발로 새처럼 걸음을 옮기며
걱정스럽게 응시한다, 마치 난파 현장에서 구해줄 작
은 배라도 찾는 양.
나도 그 조난한 극장 관객들에
끼어서 미소한다.

다들 비극을 그리 걸맞게 받아들인다.
그것이 나는 좋다.

그러나 팔이 가냘픈 바텐더의
지친 눈, 붉게 충혈되어 아린 눈과 마주칠 때면,
기꺼이 내가 왔던 데로 돌아가고 싶다.

사람들

People

밤의 커다란 금 사과들이
거리의 긴 가지에 매달려
　　그 밑에서 떠도는 얼굴들에
밤-시간 따라 표류하다가
바람의 슬픈 쏴쏴 소리에
터져서, 사라지는 얼굴들에
　　빛을 똑똑 떨어뜨린다.

내 몸에 방울방울 떨어지는
이 밤 사과들의 화농化膿이
　　하등의 의미도
이유도 없이 끊임없이,
끊임없이 허둥지둥 밀려가는
하얀 유령 같은 얼굴들을
　　역겹게 일그러뜨린다.

가로등들이
Street Lamps

깊숙이 은빛 반점이 배어 있는
금빛으로, 밤보다 낮게
   떠서 노래하며,
마치 엉겅퀴 관모 뭉치처럼
오르락내리락, 속삭이는
도시 위를 배회하며
   내릴 곳을 찾고 있다!

시나브로, 거리 위로
밀려가는 발길 위로
   떼지어 떠가다가,
보랏빛 아득한 데서 정지한
금빛의 야릇한 잔상들이
엇갈리고 갈라지고 마주치다가
   시야에서 사라진다!

태양의 씨-뭉치가
기어이 부서져서, 낮의

눈이 꺼지고 만다.
이제야 각자의 목적지로
낮의 씨앗들이 저만의
　새로운 길을 나선다.

태양은 다시 떠오르지
않으리라, 익숙한 하늘
　천체들 한가운데로.
낮의 천체, 너무 무르익어,
바람의 세찬 매질에 끝내
박살 나서, 단일체가 무수히
　해체되고 말았기에.

씨에 또 씨에 또 씨가
도시 위로 부유한다, 간절히
　가라앉아 끝내고 싶어서,
마침내 어둠 속에 내려앉아
끝이 시작되는 곳에
　그 지친 불꽃을 파묻고 싶어서.

어둠과 잠의 심연,
알아야 할 것도 울 것도 없는

그곳으로 불씨가 가라앉는다.

밤이 지배하는 대지로

만상이 고요한, 아주 조용한 곳,

어둠들이 온갖 죄를 함빡 적시어

　녹여버리는 그곳으로.

폭격

Bombardment

도시가 햇살에 열렸다.

백만 꽃잎이 맺힌 한 송이 납작한 붉은 백합처럼

도시가 펼쳐진다, 도시가 풀려난다.

모난 하늘이 무수히

반짝이는 굴뚝-끝을 솔질하니

도시가 서서히 햇살에 숨을 내뿜는다.

분주한 생물들이 내달리다가

그 불길한 꽃의 미궁에 부딪혀 쓰러진다.

그들이 피하려는 것이 뭘까?

거뭇한 새 한 마리가 태양에서 추락한다.

새가 곡선을 그리며 다급히 그 거대한 꽃의 심장에

꽂힌다. 하루가 시작되었다.

공격
The Attack

우리가 숲에서 빠져나오는 순간
거대한 빛이 번쩍!
밤이 곤추서며
하얗게 질렸다.

궁금해서, 둘러보았는데
아주 고왔다. 그 밝은
다박나룻이 땅 위에서
하얗게 빛났다

마치 여느 눈벌판처럼.
그런데 잇따라 가냘픈
밤-숨결이 내 얼굴에 더운 김을
풍기고 지나갔다!

하얀 몸의 따듯한 밤이었다.
내 목구멍에 달콤한 향이 배었다.
하얗게 불타는 밤이었다.

파리한 일격에

따분한 온 존재가 고동치며 전율했다
그것은 바로 나였다
하염없이 도망쳤지만, 못 달아난
한 맥동.

저 무서운 격노, 죽음 후에도
이런 기적이 일어나서 반짝거렸나?
경이로운 뭇 형상들이 숨을 멈추고,
정지한 채 경청하고 있었다

황홀한 몽상에 젖어서.
완전히, 하얀 밤! —
깜짝 놀라서, 검은 나무들이 모조리
즉시 꽃을 피웠다.

나는 그 변신
현재의 성체聖體를 보았다.
빛나는 성령의
성변화聖變化였다.

파멸

Ruination

태양이 잿빛 더미로 뒤죽박죽 얽혀서 꿈틀꿈틀
꾸물거리는 안개 위로 불꽃 피를 흘리고 있다.
어둠 속의 쓸쓸한 잿빛 바다에 접한 절벽같이
거리-변두리에서 불쑥 솟아오르는 굴뚝들.

안개 자욱한 황무지에, 아침의 볼그족족한 잿빛
옷을 벗고 아련하게 치솟은, 커다란 느릅나무들이
허공에 떠서 우리에게 다가오는 것 같다, 커다란
어둠의 천사들이 척척 전진하여 우리를 모조리 덮치
려는 양.

가을비

Autumn Rain

플라타너스 잎들이
거뭇하게 젖어서
잔디밭에 떨어진다.

구름 다발들이
하늘 들판에서
수그러지고 늘어져서

비의 씨앗들이 내린다,
하늘의 씨앗이
내 얼굴에

내려 — 다시 들려온다
검게 싸인 하늘마루를
살며시 서성이는

단조로운 메아리같이,
눈물의 알갱이들을

짓밟아서 짜내는

바람 소리, 하늘에서
휘말려
고통의 다발로

수확된 눈물창고.
살해되어 죽은
사람들의 다발이

하늘마루에서 지금
조용히 까불러져서,
온갖 고통의

보이지 않는 감로가
여기 우리에게 내린다
섬세하게 나뉘어
비처럼 떨어진다.

우리의 낮은 끝나고

Our Day is Over

우리의 낮은 끝나고, 밤이 움터 나온다.

그림자들이 대지에서 슬며시 빠져나온다.

그림자들, 그림자들이

우리의 무릎을 적시고 허벅지 사이로 튀어 오른다.

우리의 낮은 끝났다.

우리는 절벽, 절벽, 비틀비틀 나아가다가, 어둠이 우
리의 돌멩이 사이로 밀어닥치면,

이내 익사하리라.

우리의 낮은 끝나고

밤이 움터 나온다.

운명
Destiny

오 운명, 운명아,

너는 존재하느냐, 그래서 사람이 너의 손을 만질 수
있느냐?

오 운명아

혹시 너의 손이 보이는데, 엄지를 아래로 꺾고 있다면,

나는 기꺼이 굴복하고, 익수룡처럼,*

소멸을 받아들이리라.

화석 발톱 하나라도 남겨달라고 청하지 않으리라

실마리가 될 엄지-자국 하나 남김없이,

기꺼이 사라지리라, 완전하게, 완전하게.

하지만 엄지를 치켜세워, 인류가 계속 인류로 존재해
야 한다면,

나는 기꺼이 싸우리라, 소맷자락 걷어붙이고

---

*   익수룡(혹은 익룡)은 파충류와 포유류의 중간 형태. 학명대로 '날개 손
    가락을 지닌 용'으로, 익룡의 화석은 남극을 제외한 거의 모든 대륙에
    서 발견되었고, 전남 해남군의 우항리에서도 익룡의 발자국 화석들이
    다량 발견된 바 있다.

곧장 시작하리라.

다만, 아 운명아
제발 너의 손 좀 보여다오.

신은 없다

There are No Gods

신은 없으니, 마음껏 즐겨라

테니스 게임을 하고, 차를 타고 나가, 쇼핑도 좀 하고, 앉아서 얘기하고, 얘기하고, 얘기하며

손가락을 노릇하게 물들이는 담배를 곁들여도 좋다.

신은 없으니, 마음껏 즐겨라 ―

가서 마음껏 즐겨라 ―

다만 나를 혼자 있게 놔두라, 나를 혼자 있게 놔두라, 나 홀로!

그런데 방 안에, 대체 누가 있어서

나에게 아주 고요하고 사랑스러운 분위기를 만들어 주는 걸까?

대체 누가 내 가슴의 측면을 부드럽게 만지고

나의 심장을 어루만져서 내 심장이 진정되고, 진정되고,

진정되어 평화롭게 뛰게 만드는 걸까?

물고기들이 불안하게 쉬며 꿈에 빠져 있는 대양을
시원한 바람이 부드럽게 매만지듯
대체 누가 침대 시트를 매끄럽게 매만질까?

대체 누가 나의 맨발을 움켜쥐고 주물러 주는 걸까,
두 발이 펴질 때까지,
다 좋아질 때까지, 완전히 좋아질 때까지? 피어난
발-연꽃처럼!

사실, 그것은 여자도 아니요, 남자도 아니다, 나는 홀
로 있기에.
그래서 나는 신들과 함께 잠든다, 존재하지 않거나,
영혼의 욕망에 따라서,
우리가 뛰어들거나, 뛰어들지 않는
연못처럼 존재하는 신들과 함께.

정말 짐승 같은 부르주아다

How Beastly the Bourgeois Is

정말 짐승 같은 부르주아다

특히 이 족속의 남자 ―

훌륭한 외모의, 대단히 훌륭한 외모의 ―

그 남자를 한 번 소개해드릴까요?

잘 생기지 않았나요? 건강하지 않나요? 참 훌륭한

표본이 아닌가요?

겉만 봐도, 맑고 깨끗한 영국인 같지 않나요?

바로 신의 형상 아닌가요? 아마 자고새를 쫓거나, 작

은 고무공을

쫓아서 하루에 50킬로는 너끈히 걸을걸요?

당신도 그렇게, 부자로, 유행 따라, 살고 싶지 않으세요?

아, 그러나 잠깐!

그에게 새로운 감정을 접하게 해보세요, 타인의 궁핍

을 맞닥뜨리게 해보세요,

불편한 도덕적 곤경에 처하게 해보세요, 자각에 호소

하는 삶의 새로운 요청에 직면하게 해보세요.

그러고 나서, 마치 젖은 머랭처럼, 질척거리는 그를 지켜보세요.

바보 아니면 무뢰배로, 망가져 가는 그를 지켜보세요.

각성에 호소하는 새로운 요청, 삶의 새로운 요청에 직면하여 그가 선보이는

과시를 한번 지켜보세요.

정말 짐승 같은 부르주아다

특히 이 족속의 남자 —

멋지게 차려입고, 마치 버섯처럼

아주 번드르르 의기양양 보란 듯이 버티고 서서 —

곰팡이처럼, 죽은 생명체의 유해를 먹고 살면서

자기보다 큰 생명체의 죽은 잎들을 빨아먹고 목숨을 부지하는 자.

그렇지만, 그도 상했다. 한곳에 너무 오래 머물러있었다.

그를 만져보면, 속이 다 빠져버린 것을 알게 되리라.

꼭 칙칙한 버섯처럼, 속에는 벌레가 득실득실, 매끄러운 살갗과

곧추선 외관 안쪽은 텅텅 비어있다.

들끓는, 벌레 같은, 속 빈 격정들만 그득해서
아주 역겨운 —
정말 짐승 같은 부르주아다!

축축한 영국에, 수천 명이나 버티고 있는 이런 꼴불견들
넌더리 나는 독버섯 같은 그자들을 모조리
걷어차서, 남김없이, 다시 영국 땅속으로 순식간에
녹아들게
만들지 못하는 것이 참으로 애석할 따름이다.

그 죽은 이들이 자기 시체를 묻게 둬라

Let the Dead Bury their Dead

그 죽은 이들이 자기 시체를 묻게 둬라
그들을 돕지 마라.
그 죽은 이들이 죽은 이들을 돌보게 둬라
자기들끼리 알아서 하게 둬라
그들을 도와주지 마라.

그 죽은 이들은 저마다 역겨운 죽은 손에
돈을 수북이 쥐고 있다
그 돈을 받지 마라.

그 죽은 이들의 들끓는 마음속에서
인광처럼 바글거리는 하얀 말들은
묘하게 코를 찌르는, 부패하고 약삭빠른 지식일 뿐이니
한 마디도 믿지 마라.

그 죽은 이들은 무수해서, 아주 강력해 보인다.
그들은 기차를 칙칙, 자동차들을 킥킥, 배들을 뒤뚱
뒤뚱 나아가게 하고,

290

방앗간을 하염없이 바드득바드득 갈게 만들어서

수백만의 너희를 소경의 핼쑥한 노예처럼 방앗간에
붙들어두고,

이 모두가 마치 신의 방앗간인 척한다.

그야말로 그 죽은 이들의 엄청난 거짓부렁이다.

산업의 방앗간들은 신의 방앗간이 아니다.

신의 방앗간들은 다른 방식으로 간다. 생명의 바람으
로 맷돌을 간다.

극히 적은 양을 갈더라도, 신의 방앗간들을 믿어라.

그러나 사람들의 방앗간들

그것들에는 얽매이지 마라.

그 죽은 이들은 배와 발동기, 영화관, 라디오와 축음
기를 선보인다.

그들은 하늘을 가로질러 비행기를 띄워 보내며,

자랑한다. 자, 보라, 너희는 위대한 삶을 살고 있다!

라디오를 청취하면서, 영화를 보면서, 자동차를 운전
하면서,

거친 대서양을 횡단하는 비행선 관련 기사를 읽으면서

보라, 너희는 위대한 삶, 굉장한 삶을 살고 있다!

다들 알다시피, 그야말로 완전한 거짓부렁이다.

너희는 모두 죽어가는 시체처럼 창백한 몰골로

그 거짓말을 귀담아듣는다.

솔직히 털어놓아라.

아 살아있는 시체들의 말을 듣지 마라.

그들은 그저 너희의 삶을 탐할 뿐이다!

아 저 금-이빨의 죽은 이들을 위해 노동하지 마라.

그들은 아주 탐욕스럽지만, 일손이 없으면 아주 무력
한 존재들이다.

행여라도 그 미소하는, 이빨-입의 죽은 이들에게 친
절을 베풀지 마라

절대 그 죽은 이들에게 친절을 베풀지 마라

송장들, 그 쌀쌀맞은, 살아있는

살찐 죽은 이들에게 영합하는 꼴이니.

혹시 다 내려놓고 죽은 사람이거든 상냥하게 묻어주
어라.

그러나 걸어 다니며 습관처럼 수다스럽게 설득하는
죽은 이들한테는

은행 계좌나 보험 정책들에는

동조하지 마라, 그랬다가는 미래의 아기들까지 더럽
힌다.

우리는 전달자다

We are Transmitters

살아있는 한, 우리는 생명의 전달자다.

그래서 우리가 생명을 전하지 못한다면, 우리를 통해 흐르는 생명은 멎고 만다.

그것이 바로 신비로운 섹스의 역할, 전진 흐름이다.

섹스 없는 사람은 아무것도 전하지 못한다.

일을 할 때도, 우리가 하는 일에 생기를 불어넣으면,

생기, 훨씬 많은 생기가 우리의 몸에 밀려들어 금방 벌충되기에

우리의 몸이 일과 내내 생기의 잔물결로 일렁인다.

사과 푸딩을 만드는 여자든, 걸상을 만드는 남자든,

생기가 푸딩에 배어들면 푸딩이 맛있고

걸상도 멋들어져서,

건강한 생기의 잔물결이 몸을 파고드는 여자도 흡족하고

남자도 흡족하다.

주어라, 그러면 주는 대로 받으리라

그것이 여전히 인생의 진리다.

그러나 생명 부여는 그리 쉬운 일이 아니다.

어떤 야비한 멍텅구리한테 그냥 넘겨주는 일이 아니고, 산송장이 잡아먹게 그냥 놔두는 일도 아니다.

설령 그것이 한낱 퇴색한 손수건의 하얀 색에 배어들고 말지라도,

생명이 없었던 곳에 생명의 속성을 불붙이는 일이다.

사람과 기계

Man and Machine

사람이 기계를 발명했고
이제는 기계가 사람을 발명하고 있다.

성부는 발전기요
성자는 말하는 라디오요
성령은 그 모두를 계속 작동시키는 가스다.

그래서 사람도 부득이하게 작은 발전기와
말하는 소형 라디오가 되어야만 하고
사람의 정신은, 그 모두를 계속 작동시키는, 엄청난
양의 가스다.

사람이 기계를 발명했고
이제 기계가 사람을 발명하고 있다.

로봇 감정

Robot Feelings

거리의 현대인은 로봇이라서, 사랑을 할 수 없다.

그런데도 끊임없이, 삐걱거리며, 허무주의자처럼

증오할 수 있다는 것이 참으로 신기하다.

그것이 유일하게 능숙한 현대인의 강력한 감정이다.

그 안에 로봇 민주주의와 거리에 있는 모든 사람의

위험이 도사리고 있다.

그들은 증오의 엄청나게 삐걱거리는 소리에 휩싸여,

느리지만 불가피하게 움직인다.

사람이 되자

Let Us Be Men

　제발, 사람이 되자

　기계에 정신이 팔려서

　라디오나 영화나 축음기 같은 기계가

　우리를 즐겁게 해주는 내내 꼬리를 말고 앉아 있는

원숭이들이 아니라

　헤벌쭉 생글대는 얼굴의 원숭이들이 아니라.

사람은 무엇을 해야 할까?

What Is a Man to Do?

오, 세상이 절망적일 때
사람은 무엇을 해야 할까?

엄청나게, 엄청나게 많은 사람이 기계에 사로잡혀
살아있는 죽음의 산업 춤, 임금-받는 일의 지그 춤에
빠져들어,
증기에 의해 움직이는 이 시체들의 춤을 추는 조건
으로 먹고살 때.

연년이, 해가 오고, 해가 가도, 수백만의, 점점 늘어
나는 수백만의
사람들이 쇠에 얽혀서 이 시체들의 딱딱한 산업 지
그 춤을 추고, 추고, 추다가
쇠가 그들의 생식기, 뇌와 영혼을 꿰뚫어서, 탈출구
가 없어질 때.

그럴 때 사람은 무엇을 해야 할까?

인류는 단일체이기에, 우리는 모두 한 몸이다

심지어 산업 대중들과 탐욕스러운 중산층과 함께 있
더라도.

그게 절망적일까, 절망적일까, 절망적일까?

쇠가 그들을 꽉 붙들어버렸을까?

그들의 가슴이 바퀴의 중심일까?

수백만, 수백만의 내 동료들이!

그럴 때 혼자인 사람도, 쇠의 손아귀에 붙들려서, 그
들과 함께 죽어야 하나?

아니면 쇠에 뒤얽힌 인류의 몸에서 자신의 몸을 절
단하고

피 흘리며 죽을 위험을 무릅쓰면, 혹시라도 어느 인
적 없는 장소로 도망칠 수 있을까,

쇠에 뒤얽혀서 그 무시무시한 운명에 처한 두려운
라오콘* 같은 동료를 두고 떠날 수 있을까.

---

* 　라오콘은 트로이 전쟁에서 그리스군의 목마 계략을 트로이 사람들에
게 경고한 아폴로 신전의 사제로, 두 아들과 함께 아테네 여신이 보낸
두 마리의 거대한 바다뱀에 똘똘 말려 질식사했다.

당신이 사람이라면
If You are a Man

당신이 사람이고, 인류의 운명을 믿는다면

그렇다면 스스로 다짐하라: 우리는 재산과

돈과 기계 장치들에 마음을 쓰지 않고,

우리의 의식을 열어서 지금 우리와 단절되어있는

심오하고, 신비로운 삶을 받아들이겠다.

기계는 지구에서 다시 폐기될 것이다.

그것은 인류가 그동안 저질러 온 실수다.

돈은 없어질 것이고, 재산도 괴롭히지 못할 것이며

우리는 삶뿐 아니라 서로와도

직접 접촉하는 방법을 찾을 것이다.

우리가 전혀 몰랐던 달이라도 알고자 한다면

알 수 있을 것이다.

우리가 전혀 알지 못했고, 절대 알 수 없었던

사람이라도, 알고자 한다면 알 수 있을 것이다.

돈을 죽여라
Kill Money

돈을 죽여라, 돈의 존재를 없애버려라.

돈은 변태적인 본능, 숨겨진 의도로

뇌, 피, 뼈, 불알, 영혼을 썩어 문드러지게 만든다.

단단히 결심하라.

사회는 지금 우리가 고수하는 원칙이 아니라,

뭔가 다른 원칙에 기반하여 정착해야 한다.

우리는 상호신뢰의 용기를 택해야 한다.

우리는 소박한 삶의 중용을 택해야 한다.

그리하여 저마다 새처럼 자기 집, 음식과 불을 모두

자유롭게 취해야 한다.

용기

Courage

사람들에게 불만이 쌓이는 것은
거짓들에 응하기 때문이다.

용기가 있어서, 거짓들을 물리치고
실제로 느끼고 실제로 의도한 바를 알아내서
그에 따라 행동한다면

낱낱의 경험에서 정유를 추출해서
마치 가을의 개암 열매처럼, 마침내
견실하고 향긋하리라.

그리하여 젊은이들이 노인들과 어울려
마치 9월 개암나무 숲에 있는 양
무르익은 경험의 열매들을 주워 모으리라.

노인들이 내어줄 수 있는 것이, 사실,
거짓들에 짓무른, 시고 씁쓸한 열매들뿐이라도.

욕망이 죽더라도

Desire is Dead

욕망이 죽더라도
여전히 사람은 햇살과 비의
회합소, 겨울나무의 속처럼
오래도록 고통을 참아내는
기적奇蹟일 수 있다.

꿈
Dreams

모든 사람이 꿈을 꾸지만, 똑같지는 않다.

밤에 마음의 먼지투성이 구석에 박혀서 꿈을 꾸는 이들은

아침에 일어나면 그 꿈이 허망하다는 것을 안다.

그러나 낮에 꿈꾸는 이들은 위험한 사람들이다.

그들은 눈을 뜬 채 꿈을 꾸고,

그 꿈을 이루려고 하기 때문이다.

낙천주의자

The Optimist

낙천주의자는 작은 방 안에 안전하게 틀어박혀

내벽을 푸른 하늘색으로 칠하고

문을 완전히 막고서

자기는 천국에 있다고 주장한다.

오전 작업

Morning Work

철로 대피선 옆에 쌓여서 피처럼 붉게
빛나는 젖은 목재 위에서 한 무리의 인부들이
아침의 푸른 하늘로 아름답고 예쁜
무언가를 짓는 듯이, 화차가 지날 때마다

푸릇한 아침의 투명한 틀을 어긋매끼여
이리저리 움직이는 적황색의 손과 얼굴
얼레들 : 울려 퍼지는 하늘색 채광 굴에서
흥겹게 노동을 놀이 삼아 사는 작은 거인들.

가엾은 젊은이들

Poor Young Things

오늘날의 젊은이들은 죄수로 태어난다.

가엾은 이들, 그들도 알고 있다.

만국의 작업장에서 태어난

그들도 절감하고 있다.

하나같이 감금, 작업, 죄수들의

일상과 죄수들의 단조롭고

무료한 취미를 물려받았으니.

급료

Wages

노동의 대가가 현금이다.

현금의 대가가 더 많은 현금 결핍이다.

더 많은 현금 결핍의 대가가 사악한 경쟁이다.

사악한 경쟁의 대가가 바로 — 우리가 사는 세상이다.

노동-현금-결핍 주기가 바로 인류를 마귀로

변질시켜버린 가장 사악한 주기다.

급료 벌이는 일종의 감옥살이며

급료-소득자는 일종의 죄수다.

월급 벌이는 일종의 교도관 직업,

죄수 대신 간수 꼴이다.

수입에 의존한 세상살이는 감옥 바깥에서 호기롭게 거닐며

투옥될까 봐서 겁에 질려있는 꼴과 같다. 노동-감옥이 살아 있는 대지의

거의 모든 땅뙈기를 덮고 있기에, 마치 운동하는 죄

수와

거의 똑같이, 비좁은 구역을 오르락내리락하는 꼴이다.

이를 일컬어 보편적 자유라고 한다.

천치가 들려주는 이야기

A Tale Told By an Idiot ★

현대의 생활은 천치가 들려주는 이야기,

불확실한 성별의 납작 가슴, 단발머리에, 화학약품
처리된 여자들과

훨씬 더 불확실한 성별의 어질어질 비틀대는 젊은
남자들과

어마어마한 관-같은 유모차 안의 위생적인 아가들
—

이 거대한 사회 천치가 지루하고 무의미하고 구역질
나는

이야기들을 들려주며, 마치 변기의 물을 왈칵 쏟아내듯
같은 말을 계속 되풀이한다고, 고백할 수밖에 없다.

★ 이 시의 제목은 셰익스피어의 비극 『맥베스』(5막 5장)에서 아내의 죽
음을 슬퍼하며 인생의 허무함을 토로하는 주인공 맥베스의 유명한 대
사에서 따왔다(꺼져라, 꺼져라, 짧은 촛불아, / 인생이란 걸어 다니는
그림자, 가련한 배우처럼 / 무대에서 잠시 활보하며 안달복달하고 / 이
내 조용히 사라지는 것. / 인생은 그저 의미 없는, / 소리와 분노로 가득
한, 천치가 / 들려주는 이야기일 뿐이다).

상대성

Relativity

나는 상대성과 양자 이론을 좋아한다

내가 그 이론들을 이해하지 못하기 때문이다

그래서 그 이론들에 따르면 마치 우주가 내려앉지
못하는 백조처럼 가만히 앉아

측정되기를 거부한 채 이리저리 움직이는 듯이,

마치 원자가 끊임없이 변심하는 충동적인 물질인 듯이

느껴지기 때문이다.

온전한 혁명

A Sane Revolution

혁명을 하려면, 즐겁게 해라

억지로 심각하게 하지 마라

죽을 듯이 진지하게 하지도 마라

즐겁게 해라.

사람들을 증오하기 때문에 하는 게 아니라,

그냥 그들의 눈에 침이라도 뱉고 싶은 심정으로 해라.

돈 때문에 하는 게 아니라,

빌어먹을 돈, 뒈져버려라, 하는 심정으로 해라.

평등을 위해서가 아니라,

우리가 너무 많은 평등을 누리고 있기에

사과 수레를 뒤집어엎어 사과들이 굴러가는 모습을

구경하면 재밌을 것 같은 그런 심정으로 해라.

노동자계급을 위해 하지 마라.

우리 모두 저마다 비열한 귀족으로 불릴만하기에

즐겁게 도망치는 당나귀처럼 뒷발질이나 해볼 작정
으로 해라.

여하튼, 국제적인 노동을 위해 하지 마라.

인류가 너무 많이 해온 한 가지가 바로 노동이다.

노동을 철폐하자, 막노동을 끝장내버리자!

일이 재미있어서, 인류가 즐길 수 있다면, 그것은 노
동이 아니다.

그런 식으로 하자! 재미를 위한 혁명을 하자!

아름다운 노년
Beautiful Old Age

사랑스럽게 늙어야 한다
경험에서 우러나오는 평화로 주름져서 무르익은
성취감으로 충만해야 한다.

일상의 거짓들에 신물 내지 않고 의연하게 살았던
한 인생에 절로 충실히 배어드는 주름진 미소,
사람이 거짓들을 받아들이지 않고 산다면
사과처럼 무르익어, 노년에도 피핀 사과처럼
향긋하리라.

늙은이들은 사랑에 신물이 나더라도,
사과 향처럼 흐뭇해야 한다.
노랗게 물드는 나뭇잎처럼 향긋하고, 가을의 차분한
정적과 충만감에 물든 양 아련해야 한다.

소녀가 절로 이렇게 말하도록:
살다 늙어간다는 건 참 멋진 일임에 틀림이 없어.
우리 엄마 좀 봐, 어찌나 향긋하고 평화로운지!

청년도 이렇게 생각하게: 정말 우리 아버지는

온갖 풍파를 만났지만, 참 멋진 인생이었던 것 같아!

죽음의 배

The Ship of Death

1

바야흐로 가을이다, 떨어지는 과일
그리고 망각을 향해 떠가는 긴 여행.

사과들이 커다란 이슬방울처럼 떨어져
멍든 몸을 벗어버리고 떠나는 시간.

이제 떠나야 할 시간, 자기 몸에
작별을 고하고, 출구를 찾아
자아를 떠날 시간.

2

당신은 죽음의 배를 건조해보았는가, 아, 해보았는가?
아, 죽음의 배를 건조하기를, 꼭 필요하리니.

모진 서리가 닥쳐오면, 사과들이 둔탁한 소리로
거의 천둥 치듯, 단단해진 대지에 떨어지리라.

그리고 죽음이 마치 재향災香처럼 허공에 배리라!
아! 그 향이 느껴지지 않는가?

멍든 몸속에서, 겁먹은 영혼이
뚫린 구멍들로 불어 닥치는
한기에 절로 오글오글, 움츠러든다.

3

그런데 사람도 날 선 바늘로
자기 몸에 마지막 일격을 가할 수 있을까?

비수, 바늘, 총알로, 사람도 상처를 입히거나
잘라서 자기 목숨의 출구를 낼 수 있으리라.
그러나 그게 마지막 일격, 아 진정한 죽음일까?

분명 그렇지 않다! 어떻게 살인, 대관절 자살로
종지부를 찍을 수 있으랴?

4

아, 우리가 알고, 우리가 알 수 있는
평온에 대해 얘기해보자, 평화로운
강인한 가슴의 심오하고 즐거운 평온을!

어떻게 이런 평온, 우리 몸의 해제解除에 이를까?

5

당장 죽음의 배를 건조하라, 망각을 향한
아주 기나긴 여행을 떠나야 하나니.

그리하여 죽음, 낡은 자아와 새로운 자아 사이에
잠들어있는 힘들고 애처로운 죽음을 죽어야 한다.

이미 우리의 몸은 추락해서, 멍들었다, 몹시 멍들었다.
이미 우리의 영혼이 그 참혹한 멍의
출구를 통해서 새어 나오고 있다.

이미 종말의 어둡고 무한한 바다가

우리의 터진 상처들을 통해 밀려들고 있다.
이미 만조가 우리의 몸에 다다랐다.

아 죽음의 배, 당신의 작은 방주를 건조해서
음식과 약간의 과자와 술을 싣고,
망각을 향한 검은 비행을 준비하라.

6

조금씩 몸이 죽으면, 어두운 큰물이 일어서,
겁먹은 영혼의 발판도 차츰 씻겨 나간다.

우리는 죽어간다, 죽어간다. 우리가 모두 죽으면
우리의 몸속에서 일렁이는 죽음의 물결을 막을 길이 없다.
이내 물결이 차올라서 세상을, 바깥세상을 덮치고 만다.

우리는 죽어간다, 죽어간다. 조금씩 우리의 몸이 죽
어가면서
  우리의 힘이 우리 몸을 떠나고,
  헐벗은 우리의 영혼은 그 큰물에 내리는 검은 빗속
에서 움츠러든다.

우리 생명 나무의 마지막 가지들에 싸여 움츠러든다.

7

우리는 죽어간다, 죽어간다. 그래서 우리가 할 일은
이제 기꺼이 죽어서, 죽음의 배를 건조한 다음에
영혼을 싣고 아주 기나긴 여행을 떠나는 일뿐이다.

자그마한 배에, 노와 음식
약간의 요리와 적절한 장비들을 싣고,
떠나는 영혼의 항해를 준비하는 일뿐이다.

드디어 그 작은 배를 띄울 시간이다. 이제 몸이 죽어
생명이 떠나니, 항해를 시작하라. 무른 영혼을
무르지만 용맹한 배, 신념의 방주에 태우고
음식과 요리 냄비 몇 개
갈아입을 옷도 몇 벌 싣고서,
큰물의 거뭇하고 광막한 수면으로
종말의 물결을 타고
죽음의 바다로 가라. 거기서 우리는 하염없이 어둠 속을 항해하리라, 우리가 키를 잡을 수 없고, 항구도 없기에.

그곳에는 항구도 없고, 목적지도 없다

그저 짙어가는 암흑이 소리 없이 흐르는

양양한 물결을 하염없이 검게 물들여서

어둠과 어둠이 한 몸이 되니, 위에도 아래에도

옆에도 완전한 어둠뿐이라서, 아예 방향 자체가 없는

곳이다.

그곳에 작은 배가 이르러, 사라진다.

배는 보이지 않는다, 배를 비춰주는 것이 아무것도

없기에.

배가 사라진다! 사라진다! 그러나

그곳 어딘가에 있으리라.

미지에!

8

이내 모두 사라진다, 몸이 사라진다,

철저히 잠겨 사라진다, 완전히 사라진다.

빽빽하게 들어찬 위 어둠과 아래 어둠

그 사이로 작은 배가

사라진다

드디어 종말, 드디어 망각이다.

9

그런데 영원으로부터 실 한 올이
절로 풀려나서 암흑 위에 드리워진다,
어둠 위에 어슴푸레 살포시 나타나는
수평선 같은 실 한 오라기.

환영일까? 아니면 어슴푸레한 암흑이
살짝 상승했을까?
아 잠깐, 잠깐만, 새벽이 왔다.
잔인한 새벽이 망각에서 벗어나
되살아나고 있다.

잠깐, 잠깐만, 작은 배가
너울너울, 큰물–새벽의 죽음 같은 잿빛
회색빛에 잠겨 든다.

잠깐, 잠깐만! 그래도, 노릇하게 물들어

기이하게, 아, <u>으스스</u> 질린 영혼, 볼그족족한 장미 한
송이.

볼그족족한 장미 한 송이에, 만물이 다시 살아난다.

10

밀물이 **빠**지면, 몸이 여윈 바다-조개처럼
부**끄**러이 사랑스럽게 드러난다.
그 작은 배가 연분홍 물결에 실려서 멈칫멈칫 어느새
보금자리로 돌아오면,
무른 영혼이 마중을 나가, 다시 그 집에 들면서
가슴을 평화로 가득 채운다.

망각의 고요한 평화에 생기를 되찾은
가슴이 빙글빙글 춤을 춘다.

아, 죽음의 배를 건조하라. 아, 건조하라!
꼭 필요할 테니.
망각의 항해가 여러분을 기다리고 있나니.

D. H. 로렌스의 삶과 문학

David Herbert Richards Lawrence, 1885.9.11~1930.3.2

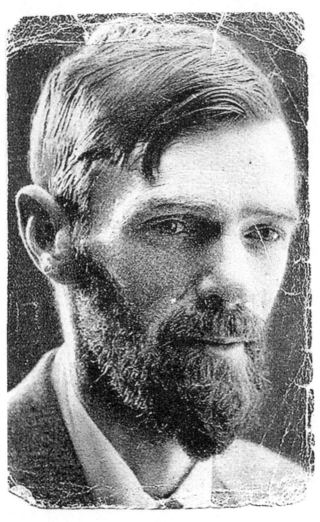

D. H. 로렌스(1885.9.11~1930.3.2)

데이비드 허버트 리처즈 로렌스는 1885년 9월 11일에 잉글랜드 중북부 노팅엄셔의 탄광촌 이스트우드에서 태어났다. 아버지 아서 존 로렌스는 석탄을 캐는 광부였고 어머니 리디아 로렌스는 전직 교사로, 변변치 않은 살림에 보태려고 레이스 제조공장에서 잡일을 했다. 데이비드는 이 부부의 넷째 자식이었다. 흔히 로렌스의 아버지는 문맹으로, 어머니는 교양인으로 통하며, 어머니가 아들의 문학적 심성을 키우는 원천역할을 했다고 기술된다. 그러나 그의 아버지도 웬만한 지적 능력을 갖춘 남자로, 일터에서 광부들을 부리고 성과에 따라 주급을 배분해 주는 위치에 있었다. 그래서 일반 광부보다 수입이 좋았는데, 번번이 그놈의 술값으로 탕진해버렸다고 하니, 아마 부부간의 다툼이 끊이지 않았을 것이다. 로렌스의 대표작 중 한 편인 『아들들과 연인들Sons and Lovers』1913은 그와 같은 실제 가족 이야기를 근간으로 삼아 전개되는 소설이다.

1891년에 로렌스는 보베일 보드스쿨[1]에 입학하였다. 어린 로렌스는 약한 체질에 자주 아팠는데도 걸핏하면 친구들과 몸싸움을 했다. 탄갱으로 둘러싸인 도시였으니 공

---

1   훗날 로렌스의 이름을 기려서 그리즐리 보베일 로렌스 초등학교 (Greasley Beauvale D. H. Lawrence Primary School)로 개명되었다.

기가 맑을 리 만무하고 너도나도 자잘한 병치레를 했겠지만, 운동도 잘 못 했다는 아이가 질 게 빤한 싸움에 왜 그리 무모하게 덤벼들었을까? 열 방 얻어맞더라도, 하나같이 '나도 아빠처럼 광부가 되어야지'하는 놈들의 얄미운 얼굴이라도 한 방 갈겨주고 싶었을까? 아무튼, 싸움은 몰라도, 공부는 꽤 잘했던지, 로렌스는 그 탄광촌에서 최초로 주의회 장학생으로 선발되어, 1898년에 노팅엄고등학교에 들어갔다.

그리고 1901년에 고등학교를 졸업하고 한 회사의 하급 서기로 취직했으나, 그해 가을에 형 윌리엄이 갑자기 병에 걸려 죽었고, 로렌스 자신도 아주 심한 폐렴에 걸려서, 석 달 만에 회사를 그만두었다. 폐렴보다는 공장의 여직원들에게 자꾸 수작을 걸다가 상사에게 밉보여서 잘렸다는 설도 나돈다. 어쨌거나, 로렌스는 폐렴을 이겨내고 1902년부터 4년간 이스트우드의 한 초등학교에서 교사로 일하게 되는데, 여기서 제시 체임버스라는 젊은 여인을 만난다. 그녀는 로렌스의 시와 소설 창작에 격려와 찬사를 아끼지 않았던 친한 벗이자 문우로, 그의 초기 시와 일부 단편소설, 장편 『하얀 공작The White Peacock』1911의 초고Laetitia를 완성하는 데 큰 힘을 준 여인이었다. 그리고 1906년 스물한 살의 나이에 로렌스는 노팅엄 유니버시티 칼리지에 입학하여, 정규 과정을 마치고, 1908년에 정식으로 교사자격증을 취득한다. 1907년 2학년 때, 대학에서 주최한 소설 공모에 단편소설 한 편"An Enjoyable Christmas: A Prelude"이 당선되어 연말에 『노팅엄 가디언』에 실렸는데, 로렌스가 편법으로 응모한 여러 작품 중에서 '제시 체임버스'의 이름으로 제출한 소설이었다. 그래서 잡지에도 그녀의 이름으로 작품이 실렸으나, 금시에 원작자의 정체가 밝혀질 만큼, 그는 학생들 간에 꽤 유명한 문학청년으로 통했다.

1908년에 노팅엄대학에서 교사자격증을 취득한 로렌스는 고향 이스트우드를 등지고 런던으로 향한다. 그는 런던 남부 크로이든의 데이빗슨 로드 스쿨에 교사 자리를 얻어서 어린 학생들을 가르치며 계속 글을 썼는데, 1909년에 무명 작가 로렌스에게 뜻밖의 행운이 찾아온다. 제시가 로렌스한테서 빼앗다시피 가져간 몇 편의 시가 런던의 유력한 문예지 『잉글리시 리뷰』에 실린 것이었다. 그뿐 아니라, 이 문예지의 창간인이자 편집장 포드 매독스 혜퍼의 눈을 사로잡게 되었으니, 로렌스에게는 그보다 큰 행운이 없었다.

혜퍼는 영국의 소설가, 시인, 비평가로, 흔히 포드 매독스 포드로 통한다. 현대문학 소설 100선에 선정될 만큼 미묘한 인간 심리에 대한 섬세한 관찰과 독창적인 전개 방식이 돋보이는 『좋은 군인 The Good Soldier』1915을 쓴 작가다. 그는 1차 세계대전이 끝나고 1919년에 '혜퍼'를 '포드'로 개명했는데 '혜퍼'가 너무 독일어처럼 들려서 그랬다고 전해진다.

전쟁에 대한 그의 시각과 작가정신을 엿볼 수 있는 대목이다. 어쨌거나, 헤퍼는 1908년에 『잉글리시 리뷰』를, 1924년에 『트랜스어틀랜틱 리뷰』를 창간해서 편집자로 활약하면서 토머스 하디, 조셉 콘래드, W. B. 예이츠, 제임스 조이스, 어니스트 헤밍웨이 같은 모더니즘 작가들의 작품을 세상에 선보이는 데 앞장선 인물로, 20세기 모더니즘 문학의 형성과 발전에 공헌한 위대한 문학 후원자 중 한 명이었다.

로렌스가 이렇게 대단한 헤퍼 — 개명하기 전이므로 헤퍼가 맞겠다 — 의 눈에 들었으니, 뜻하지 않게 엄청난 행운을 잡은 것이요, 작가로서 성공할 수 있는 큰 돌파구를 찾은 셈이었다. 그의 유명한 단편소설 「국화꽃 향기"Odour of Chrysanthemums"」는 헤퍼의 의뢰를 받아서 1909년 가을에 집필하고, 1911년 7월 『잉글리시 리뷰』에 실린 작품이다. 헤퍼는 이에 그치지 않고, 로렌스를 런던의 출판업자에게 소개해서, 자연스럽게 더 많은 작품을 쓰게 해준 은인이었다. 그렇게 해서 나온 작품이 로렌스의 첫 장편소설 『하얀 공작』이다. 그러나 술술 풀리는 듯싶다가도 느닷없이 막히는 것이 인생이다. 1910년에 이 작품의 최종 교정본이 나온 직후에, 슬프게도, 로렌스의 어머니가 암으로 사망한다. 어머니에 대한 애착이 컸던 만큼 상실감과 정신적 괴로움이 얼마나 심했던지, 로렌스 자신이 그해를 "병든 해"로 규정할 정도였다. 그러나 어머니의 죽음은 또한 로렌스 인생의 큰 전환점이었다.

1911년에 지인의 소개로 만난 에드워드 가넷은 『아들들과 연인들』의 출간에 큰 도움을 준 좋은 길잡이였다. 로렌스가 1912년에 출판한 장편소설 『침입자*The Trespasser*』에 대해, 헤퍼는 별로 좋은 반응을 보이지 않았으나, 당시 한 출판사의 출판 고문이었던 가넷은 크게 호평하였다. 로렌스의 실망 어린 마음을 가넷이 따뜻하게 덮어준 것이다. 칭찬은 고래도 춤추게 한다. 이 시기에 로렌스의 창작활동에 큰 힘을 실어준 것이 애독자 가넷의 찬사와 격려였다. 또 로렌스가 교직을 그만둔 시기가 이즈음이다. 다시 폐렴에 걸렸다가 힘들게 회복한 후에 작심하고 전업 작가의 길로 들어선 상황이었다. 로렌스가 루이 버로우스라는 대학 친구와 약혼한 시기도 이즈음이었다.

그랬는데, 1912년 3월에 로렌스의 인생에서 아주 중요한 사건이 일어난다. 프리다 위클리*Frieda Weekley, 1879~1956*를 만난 것이다. 프리다는 노팅엄대학에서 현대어를 가르치는 어니스트 위클리 교수의 부인이자 세 아이의 엄마로, 로렌스에게는 스승의 아내, 사모님이었다. 자신의 미래와 글에 대해 상담하고 자문을 얻고자 스승을 찾아뵈었다가 사모님 프리다를 보자마자 사랑에 빠져버렸다는 로렌스. 그는 주저 없이 자신의 약혼을 깨뜨렸고 교사로 일하던 학교마저 그만두었다. 물론, 약간의 망설임이야 있었겠으나, 서로 눈이 맞은 두 사람은 그해 5월, 만난 지 두 달 만에 프리다의 고향인 독일 메츠로 도망쳤다. 요새 도시 메츠는 당시에는 독일의 영토로, 프랑스국경에 접해있어서 분쟁이 잦은 곳이었다. 여기서 로렌스도 영국 첩자로 오인되어 당국에 체포되었다가, 프리다 아버지의 중재로 어렵게 풀려나는 우여곡절을 겪었다. 그러나 아슬아슬한 순간도 잠시뿐, 로렌스는 프리다와 함께 뮌헨 남부의 한 작은 마을에서 아주 달콤한 밀월을 즐긴다. 당시 두 불륜 남녀의 밀고 당기는 사랑 얘기들은 1913년에 출간된 시집『사랑 시와 기타 *Love Poems and Others*』, 1917년에 출간된 시집『보라! 우리는 해냈다!*Look! We Have Come Through!*』에 고스란히 담겨있다. 1912년에 노팅엄 방언으로 쓴 광산 극『며느리*The Daughter-in-Law*』는 그의 또 다른 실험이었다.

　그 후, 로렌스와 프리다는 독일 뮌헨에서 남쪽 알프스를 넘어 이탈리아에 이르는 도보 여행길에 오른다. 이 여행에 관한 기록이 로렌스의 산문집『이탈리아의 황혼*Twilight in Italy and Other Essays*』1916, 미완성 소설로 사후에 출간된『눈 씨 *Mr. Noon*』1984다. 그리고 로렌스가 이탈리아에 머무는 동안에 완성하여 1913년에 출간한 작품이『아들들과 연인들』이다. 그러나 이 소설은 본래 원고에서 거의 100쪽이 삭제된 상태로 세상에 나온 작품이다. 작가의 묵인하에 그 짓을 한 사람이 다름 아닌 가넷이었다. 아마 로렌스의 속이 갈가리 찢겨나가는 기분이었을 것이다. 가넷이 그의 좋은 벗이자 애독자였다지만, 로렌스가 그런 수모를 겪고도 아무일 없었다는 듯 잘 지냈을 리 만무하고, 결국 둘의 우정은 이즈음부터 금이 가기 시작한다.

1913년에 로렌스와 프리다는 잠시 영국에 들러서 뉴질랜드 출신의 여성작가 캐서린 맨스필드를 비롯하여 몇몇 지인을 만나고 곧장 이탈리아로 향한다. 그리고 1914년에 위클리 교수가 마침내 아내 프리다와의 이혼을 수용한다. 그리하여 두 사람은 한결 편안한 마음으로 영국으로 돌아와서 1914년 7월 13일에 결혼식을 올린다. 이 해에 로렌스는 『프로이센 장교와 기타 이야기들』*The Prussian Officer and Other Stories*을 발표하고 1915년에 장편소설 『무지개』*The Rainbow*를 출간했는데, 단편집은 큰 호평을 받았으나 『무지개』에 대해서는 비평가들의 비난이 쏟아졌다. 노골적인 성애묘사에 대한 격앙된 반응들이었고, 연말에 열린 외설 재판에서 이 소설을 '모두 회수하여 불태우라'라는 처분까지 내려져서, 1,000권 이상이 불태워졌다. 야심작으로 내놓은 작품이 난도질당한 것도 모자라서 법의 제재까지 받았으니, 로렌스의 상심이 여북했을까마는, 그보다 큰 문제는 영국에서 작품출간이 어려워졌다는 것이었다.

게다가 1차 세계대전은 로렌스 부부의 삶을 더 힘들게 만들었다. 독일 출신의 프리다도 주변의 따가운 눈총에 시달릴 수밖에 없었다. 그래서 부부는 미국 플로리다로 떠날 계획을 세우지만, 로렌스의 건강과 프리다의 여권 문제로 그마저도 마음대로 되지 않았다. 하는 수 없이 1916년에 로렌스 부부는 잉글랜드 남서부 콘월의 바닷가 마을 제누어로 이사해서 여기서 살게 된다. 그러나 이곳도 영국 땅이었다. 로렌스는 외설 시비로 엄청난 사회적 물의를 일으킨 소설가였고 그의 아내 프리다는 세계대전의 주범, 게르만족의 후손이었다. 주변의 따가운 눈총이야 어떻게든 참아낼 수 있었겠으나, 지역 당국이 그들을 가만두지 않았다. 결국, 로렌스 부부는 콘월 해안을 지나다니는 독일 잠수함에 밀정 노릇을 한다는 혐의로, 1917년 10월에 경찰의 이주 명령에 따라 공개적으로 추방되었다. 그 후부터 전쟁이 끝날 때까지, 그들은 지인들의 도움으로 정처 없이 이곳저곳을 옮겨 다니며 힘겨운 삶을 살아야 했다. 그 어려운 시절에 로렌스가 써서 세상에 내놓은 책들이 『사랑도 가지가지Amores : Poems』1916, 『보라! 우리는 해냈다!』1917, 『새로운 시 New Poems』1918, 『만Bay : A Book of Poems』1919 같은 시집들이었다. 그렇다고 로렌스가 소설을 쓰지 않은 것은 아니었다. 콘월의 제누어에 거주할 때, 로렌스는 1916년 5월에 징집되어 군대에서 신체검사를 받았는데, 면제판정을 받긴 했으나, 검사과정에서 자못 불쾌한 일들을 겪었던 모양이다. 그때의 경험과 전시에 독일인 아내 프리다와 겪은 아픈 경험을 바탕으로 집필된 장편소설이 『캥거루*Kangaroo*』1923다.

　1차 세계대전이 끝나고 1919년 10월에, 로렌스 부부는 다시 한번 영국을 떠난다. 로렌스는 이탈리아로, 프리다는 독일로 향했고, 얼마 후에 재회한 부부는 이탈리아의 시칠리아에서 잠시 머문다. 전쟁을 겪으며 금전적으로 몹시 힘들었던 부부에게 1920년은 그나마 반가운 해였다. 그의 작품이 미국에서 팔리기 시작했고 런던의 한 출판업자가 『무지개』의 재판과 『사랑하는 여인들*Women in Love*』의 출간을 도맡아준 덕분이었다. 게다가 장편소설 『길 잃은 소녀*The Lost Girl*』1920로, 제임스 테이트 블랙 미모리얼 프라이즈[2]를 수상함으로써 여윳돈까지 생겼다. 그리고 그해 여름에 로렌스는 독일에서 장모와 보내며 『무의식의 환상*Fantasia of the Unconscious*』1922이라는 연구논문과 장편소설 『아론의 지팡이*Aaron's Rod*』1922를 완성하였다. 그리고 그 후에 이탈리아에서 머물며 전쟁 기간에 쓴 단편소설들을 묶어서 『나의 잉글랜드와 기타 이야기들*My England and Other Stories*』1922을 발표하고, 1921년의 짧은 여행담을 담은 기행문 『바다와 사르디니아*Sea and Sardinia*』1922를 출간하였다.

1　　스코틀랜드 에든버러 대학교에서 한 독자가(Mrs Janet Couts Black)의 기부금으로 출판사(A & C Black Ltd.)와 공조하여 특출한 소설과 전기 작품에 수여하는 상으로, 1919년에 제정되어 지금까지 해마다 수여되고 있다. 로렌스는 소설 부문 두 번째 수여자였다. 당시 총상금이 6,000파운드였고, 2005년에는 20,000파운드에 육박했다.

물질적으로 한층 여유로워졌으나, 그의 야심작 『사랑하는 여인들』에 대한 비난이 또 줄줄이 쏟아졌다. 1922년 2월에 로렌스 부부는 그동안 자의 반 타의 반 미루었던 미국 여행의 꿈을 이루기로 마음먹고, 배편으로 실론스리랑카과 호주를 경유해서, 그해 9월에 미국 땅에 발을 내디딘다. 부부는 뉴멕시코주의 타오스에서 살았는데, 여기서 2년간 머물며 로렌스는 탁월한 문학비평서 『미국 고전 문학 연구 Studies in Classic American Literature』1923, 두 편의 장편소설 『수풀 속의 소년 The Boy in the Bush』1924과 『날개 달린 뱀 The Plumed Serpent』1926, 여러 단편소설과 시집 『새, 짐승과 꽃 Birds, Beasts and Flowers』1923을 완성하거나 발표하였다.

그리고 1923년 3월에, 부부는 멕시코로 여행을 떠난다. 멕시코의 아즈텍문명이 로렌스의 마음을 사로잡아 출간된 작품이 『날개 달린 뱀』이다. 그러나 멕시코의 매력은 로렌스 부부를 위기로 몰아갈 만큼 강력한 것이었다. 멕시코 여행을 마치고 7월에 부부는 유럽에 돌아갈 생각으로 뉴욕을 향해 떠났는데, 로렌스가 갑자기 계획을 철회하고 멕시코에 정착하자고 고집을 피웠다. 그런 남편의 우유부단함에 화가 난 프리다는 홀로 유럽으로 떠나버린다. 그리고 12월에, 로렌스가 뒤늦게 런던에 도착하여, 프리다를 데리고 다시 미국으로 떠나, 1925년 3월에 부부는 다시 멕시코 여행길에 오른다. 그것이 마지막 멕시코 여행이었다.

로렌스가 말라리아에 걸린데다 결핵까지 겹쳐서 거의 죽을 지경이었으니, 그에게 멕시코의 매력은 그야말로 치명적이었다. 병세를 회복하긴 했으나 여행은 힘들다는 의사의 조언에, 1925년 9월에 로렌스 부부는 유럽으로 출발하여, 1926년 4월부터 이탈리아의 피렌체 근처에서 살게 된다. 이때 로렌스가 쓴 작품이 장편소설 『채털리 부인의 연인Lady Chatterley's Lover』1928과 『처녀와 집시The Virgin and the Gypsy』1930, 수필집 『에트루리아 곳곳Etruscan Places』1932, 시집 『팬지Pansies』1929, 『쐐기풀Nettles』1930과 『마지막 시집Last Poems』1932이다.

이중 『채털리 부인의 연인』에 얽힌 이야기는 아주 유명하다. 로렌스는 이 소설을 1928년에 피렌체의 한 출판사에서 자비로 100부를 찍어서 가까운 지인들에게 2파운드씩 받고 팔았다. 그런데 입소문이 퍼지면서, 런던뿐 아니라 뉴욕에서도 해적판이 활개를 치며 날개 돋친 듯이 팔려나갔다. 미국의 한 서점 주인이 단속을 나온 경찰에게 이 소설을 선물하고 단속을 무마했다는 일화가 전해질 정도였다. 아무튼, 그런 의외의 인기에 힘입어, 이 소설은 1932년에 영국에서 출판된다. 물론, 노골적인 성애묘사 부분을 최대한 삭제하고 출간된 소설이었다. 그런데도 금시에 또 판금 처분이 내려졌다. 그리고 그 후 거의 30년 동안 영국과 미국, 양국에서 법정 공방이 이어졌다. 미국에서는 1959년에 해금되었고, 영국에서는 1960년이 되어서야 처음으로 무삭제판이 출간되었다. 1960년 11월 2일에 E. M. 포스터, 헬렌 가드너와 레이먼드 윌리엄스 같은 유명한 소설가와 비평가들이 배심원으로 참석한 가운데 이 책의 외설 여부에 관한 영국 법정의 최종 판결이 선고된다. "무죄"였다. 이 무죄판결은 언론의 자유 역사에서 큰 전환점으로 간주되는 상징적인 사건이다.

로렌스는 소설가, 시인, 산문작가, 극작가, 학자였고, 또한 화가였다. 특히 말년의 로렌스에게 그림은 매우 중요한 표현형식 중 하나였다. 그러나 그의 주요 소설들처럼, 그의 그림들도 많은 논란의 중심에 있었다. 1929년 6월 15일에 런던의 고급주택가 메이페어에 있는 워런 화랑에서 로렌스의 그림 전시회가 열렸는데, 입소문이 어찌나 빠르게 퍼졌던지 13,000명에 달하는 사람들이 몰려와서 넋을 잃고 구경했다. 그의 그림들에 대해 어떤 이는 음란하다, 꼴사납다고 폄하하고, 어떤 이는 아름답다, 활력이 넘친다고 칭찬했다. 극과 극의 평가가 난무한 가운데, 어떤 일반인의 신고로, 경찰들이 난입해서 전시 중이던 25점의 작품에서 13점을 몰수해가는 어처구니없는 일까지 벌어졌다. 또 외설 시비에 말려든 것이다. 여러 작가와 예술가들, 국회의원들까지 그를 지지하는 선언에 동참하면서, 로렌스는 몰수된 작품들을 되찾을 수 있었으나, 영국에서 다시는 전시회를 열지 못했다.

〈한 성가족〉, D. H. 로렌스, 1926.

〈붉은 버드나무〉, D. H. 로렌스, 1927.

1928년 6월에 로렌스는 피렌체를 떠나 프랑스 남부 방스의 한 요양원에 입원한다. 건강이 악화한 상태에서 계속 글을 쓰다가 의사의 권유로 그리한 것이었다 — 이 시기에 로렌스의 특기할 만한 저작으로 성서의 요한계시록에 관한 해석서 『묵시록*Apocalypse*』1931을 들 수 있다. 그러나 폐병이 악화하여 죽음이 임박했음을 직감했는지, 로렌스는 죽기 전날에 스스로 요양원을 나와서 빌라 로베르몽이라는 집으로 들어간다. 그리고 다음 날인 1930년 3월 2일에 끝내 숨을 거두었다. 그의 나이 겨우 마흔넷이었다. 로렌스의 시신은 방스 묘지에 묻혔다가, 1935년 3월에 프리다의 요청으로 발굴되어 프랑스 지중해 연안의 항구도시 마르세유에서 화장되었다. 그리고 타고 남은 유해는 아연 상자에 담아 밀봉한 후에 배편으로 뉴멕시코 타오스로 보내졌다. 그나마 로렌스의 작품을 알아봐 준 독자들이 사는 곳, 그의 마음을 사로잡았던 멕시코에서 그리 멀지 않은 그곳에서, 넋이라도 편히 쉬라는 뜻에서 그런 것이었다. 그리고 방스 묘지에 있던 묘석은 현재 이스트우드의 로렌스 생가에 전시되어 있다.

로렌스의 문학 생애에서 『아들들과 여인들』, 『무지개』, 『사랑하는 여인들』과 『채털리 부인의 연인』은 그에게 큰 질타와 치욕을 안긴 작품들이었다. 그러나 지금은 이 작품들이 데이비드 허버트 로렌스의 대표 소설들로 간주 되고 있다! 참으로 역사의 아이러니가 아닐 수 없다. 이 소설들에서 로렌스는 산업사회의 환경에서 이루어지는 다양한 인간관계를 탐색하면서 그만의 독특한 관계 모형들을 줄기차게 제시하였다. 인간의 내밀한 심리와 감정, 무의식의 심층을 매우 시적이고 상징적인 언어로 표현한 로렌스 ― 그의 소설들은 바로 그의 사상, 인간 관계론이다. 특히 언급한 소설들에서, 로렌스는 오랫동안 정신을 강조해온 서구사회에서 억압되고 금기시되어온 몸, 남녀 간의 성애, 더 나아가서, 동성 간의 관계까지 아주 솔직하고 깊이 있게 탐구한 작가로, 그는 한편으로는 고리타분한 서구 문명에 신랄한 비판을 가하고, 다른 한편으로는 몸과 생명력에 바탕을 둔 새로운 인간관계의 대안 또는 가능성을 찾으려고 부단히 노력하였다. 그래서 훗날 로렌스는 '성 해방의 기수'로 칭송받기에 이르렀지만, 생존 시에는 열거한 작품들이 모두 외설 시비에 휘말렸을 뿐 아니라 일부는 법원의 결정에 따라 판금 되고 불태워지는 수모까지 당했다.

또한 로렌스는 10여 권에 이르는 시집을 낸 시인이다. 그는 현대 영미 시의 발전에 크게 이바지한 신시 운동, 이미지즘운동에 적극적으로 동참한 시인이었다. 이미지즘은 1910년대에 영국과 미국의 일부 시인들에 의해 크게 성행한 신시 운동으로, 영국의 시인 비평가 토머스 어니스트 흄의 시와 시론, 시인 겸 번역가 프랭크 스튜어트 플린트의 시론에서 발아하여, 미국 출신의 시인 에즈라 파운드와 에이미 로웰의 주도로 간행된 네 권의 이미지스트 시 선집을 통해 현대 영미 시의 새로운 길과 방향을 개척하고 제시한 문학운동이었다.[3] 이 선집들에 실린 로렌스의 시들은 그의 초기 시집들에서 선별된 작품들로, 주로 연인들의 사랑 이야기를 다루고 있으며, 그의 후기 시집들에서는 자본주의, 물질만능주의, 정치와 제도 등에 대한 비판과 죽음에 대한 명상이 도드라진다.

로렌스가 시를 통해 보여주는 사랑은 그의 소설들과 마찬가지로 플라톤적 사랑이 아니라 극히 에로스적인 사랑이며, 표현이 매우 직접적이고 사실적이고 감각적이다. 정열적인 연인들의 사랑이요, 성인들의 사랑이요, 부부의 사랑이다. 로렌스 부부의 위기를 언급하며 소개한 일화처럼, 마냥 좋다가도 금세 싸우고 토라졌다가, 어느새 또 욕구하고 질투하고 막 그러는 사랑, 그것이 시인 로렌스가 여러 시를 통해 보여주는 아주 솔직한 실제 사랑의 생태다. 그것은 비단 인간의 사랑에 그치지 않고, 동식물들의 생태를 다룬 작품들에서도 두드러지게 나타난다. 그래서 그의 여러 소설에 그려진 사랑보다, 아니 그의 노골적인

---

3   로렌스의 시는, 파운드가 1914년에 펴낸 첫 번째 선집 『이미지스트 (*Des Imgagistes*)』에는 실리지 않았으나, 그 후 에이미 로웰의 주도로 출간된 1915년, 1916년, 1917년의 선집 『이미지스트 시인들(*Some Imagist Poets*)』에 꾸준하게 총 13편(각각 7편, 5편, 1편)이 실렸다.

그림들보다도, 어찌 보면, 훨씬 더 외설적인데, 용케도 법망을 피했구나, 그런 생각마저 들 정도다. 다행스러운 일이지만, 한편으로는 아쉽다. 그동안 그의 소설들에 비해 시에 관한 관심이 부족했다는 판단에서다. 그리고 로렌스 시의 정수 역시 사랑이요, 그의 직접적, 사실적, 감각적인 표현 방식과 그 결과물들이 후대의 시인들에게 미친 영향 또한 소설에 못지않다는 판단에서다. 영국 시인 필립 라킨이나, 로버트 로웰, 실비아 플라스와 씨어도어 레트키 같은 미국 고백 시인들의 더더욱 솔직하고 노골적인 표현, 터부나 금기의 막힘없는 노출과 폭로는 분명 선배 시인 로렌스로부터 물려받은 아주 귀중한 유산 중 하나이기 때문이다.

현재 지구는 온실효과, 오존층 감소, 열대우림 파괴와 해양오염, 사막화 등으로 몸살을 앓고 있다. 그동안 인간의 제도와 산업 중심주의 문화와 문명이 지구의 환경과 생태계의 자연스러운 흐름과 순환에 인위적이고 기계적인 형식들을 억지로 부과해서 자연계 고유의 생체리듬을 막아온 탓에, 자정능력을 상실한 거대생명체 지구가 지금 곳곳에서 곪아 터지고 있는 것이다. 로렌스는 인간의 과학기술이 인간, 인간의 찬란한 문명, 대자연과 자연의 숱한 생명체들까지 무자비하게 파괴한 1차 세계대전을 몸으로 살았던 작가다. 그래서 그의 소설들과 시들에 편재해있는 생철학, 원시주의, 자연에 대한 관점과 관심, 사회비판적인

요소들은 불가불 그런 역사의 무섭고도 끔찍한 흐름에 대한 작가의 반응이자 대처였다. 특히, 1차 세계대전 이후에 나온 그의 시집 『거북이*Tortoises*』1921와 『새, 짐승과 꽃』1923은 그 자체가 거의 다큐멘터리에 가까운 생태계의 보물창고다. 바로 지금, 이 위기의 지구를 떠올릴 때 로렌스의 문학, 그의 시들에 더더욱 눈길이 가는 또 하나의 이유라고 할 수 있겠다.